UNE MATINÉE
AU SALON,
OU
LES PEINTRES DE L'ÉCOLE
PASSÉS EN REVUE.

PARIS. — IMPRIMERIE DE FAIN, RUE RACINE, N°. 4,
PLACE DE L'ODÉON.

UNE MATINÉE
AU SALON,
OU
LES PEINTRES DE L'ÉCOLE
PASSÉS EN REVUE.

Critique des Tableaux et Sculptures de l'Exposition de 1824.

PAR N.-B.-F. P.

« Tant de petits talens où je n'ai pas de foi !
« Des réputations, on ne sait pas pourquoi ;
« Des ouvrages vantés qui n'ont ni pieds ni têtes....

GRESSET.

PARIS,
DELAUNAY, LIBRAIRE,
PALAIS-ROYAL, GALERIE DE BOIS, N°. 243.

1824.

UNE MATINÉE

AU SALON,

OU

LES PEINTRES PASSÉS EN REVUE.

CONNAISSEZ-VOUS M. Dubourg? c'est un opticien de l'ancien régime, qui demeure depuis trente ans près du vieux Châtelet, et ne vend pas trop cher ses lunettes. Sa réputation, qui a baissé à Paris, remplit encore toutes nos provinces. Il ne nous arrive pas de Limoges ou d'Angoulême un seul voyageur qui ne soit chargé de faire des emplettes chez cet honnête homme, et qui ne s'en retourne aussi satisfait de sa personne que de ses marchandises. Pour vous expliquer ce fait, il faut vous dire que M. Dubourg n'est rien moins qu'un marchand vulgaire. Profond dans la catoptrique et la dioptrique que lui avait enseignées feu Clairault, il a long-temps marché avec la science. Ni les comédiens ordinaires du roi, ni les peintres en cire luisante ne prétendaient encore au beau nom d'artistes, que ce titre lui avait déjà été donné par acclamation. Il avait fait de bonnes études aux grands jésuites; puis il avait pris quelques notions de dessin sous feu Taraval; bref il ne vous laisse jamais sortir de sa boutique sans vous avoir prouvé, par une foule d'observations vives et tranchantes, que tous les genres d'ouvrages et de critiques lui sont familiers. Or vous saurez que m'étant présenté l'autre jour chez lui par curiosité, sous le prétexte de chercher des lunettes à mon point de vue, je ne tardai pas à l'entendre disserter avec une volubilité merveilleuse sur la nature et le choix des verres achromatiques, qui sont d'un usage aussi utile en plein jour qu'à la lumière nocturne du gaz hydrogène. En voici, me dit-il, qui, suivant l'étymologie grecque du mot (ἀχρωμα —) ne changent absolument rien à la couleur des objets. Leur netteté, leur pureté est telle qu'elle ajouterait à la fraîcheur de coloris d'un Bassan ou d'un Backuysen. « Fort bien! m'écriai-je avec joie, je vais de ce pas au salon, et grâce à votre précieuse lorgnette, j'ai du moins l'espoir d'y voir tout en beau. — Monsieur cultiverait la peinture? reprit-il d'un air empressé : *Pictoribus atque poetis.....* — Non pas précisément, répondis-je, en interrompant sa citation; mais j'ai quelque goût pour les arts, et vous devez penser que les chefs-d'œuvre de notre école ne peuvent m'être indifférens. — Des chefs-d'œuvre! Ah! messieurs les jeunes gens, que vous êtes heureux de voir des chefs-d'œuvre où je ne vois depuis si long-temps que le cachet d'une déplorable médiocrité! — Bon! comptez-vous pour rien les Girodet, les Gros, les Gérard, les Guérin ?... — Souffrez que je vous accompagne; et si, contre mon attente, ces grands hommes ont daigné exposer, nous examinerons ensemble jusqu'à quel point ils méritent leur réputation. »

Sur ce, M. Dubourg quitta sa casquette grise, pour un feutre noir à trois cornes que sa femme lui mit sur la tête, et nous prîmes ensemble le chemin du Louvre. Je vis bien que j'avais affaire à un de ces hommes têtus qui sacrifient toujours le présent au passé; mais, en fait de critique, je l'avoue, je préfère le trop au trop peu. Tout en me prémunissant donc contre les exagérations et les paradoxes de mon original, je résolus d'y chercher du vrai, et surtout de m'en amuser.

Nous marchions depuis quelque temps en silence (silence qu'il brûlait de rompre, car je ne puis cacher à mes lecteurs que le bon homme est un peu bavard), lorsque tout à coup, faisant halte et s'appuyant gravement sur sa canne, il m'apostropha en ces termes :

« Est-ce que vous n'apercevez pas, monsieur, la décadence dont les beaux-arts sont menacés ? Feu M. Vien, qui fut mon compère, et, après lui M. David, qui commence à être pour nous de l'autre siècle, avaient sensiblement relevé notre école française. S'ils n'avaient pu nous donner le génie, ils nous avaient du moins ramené à l'étude du dessin et de la simplicité antique. Leurs élèves ne cassaient plus autant de bras, ne disloquaient plus autant de jambes qu'on avait eu coutume de le faire dans les ateliers de Natoire et Restout. Combien a duré cet état de régénération, et que voyons-nous aujourd'hui? Des concours de peinture pitoyables, dont les vainqueurs, couronnés à bon marché, ont l'honneur de partir pour Rome et en reviennent presque tous moins habiles qu'avant leur départ. Ces jeunes écoliers qu'on adule savent-ils seulement modeler un torse, peuvent-ils dessiner une main? s'entendent-ils à grouper trois figures? ont-ils, enfin, la plus légère idée de ce choix exquis de formes et d'expression qui constitue le beau idéal? Parce qu'ils emploient des couleurs vives, parce qu'ils prodiguent à l'envi ce que leur palette a de plus éclatant, ils se croient de grands coloristes. *O vanitas vanitatum!* La vérité est que la faute en est toute entière à leurs maîtres. Eh! comment ces jeunes écoliers se formeraient-ils un goût sévère, comment ne tomberaient-ils pas dans l'afféterie, quand ils ont vu tant de gens d'esprit en extase devant le tableau de Galatée, lorsque le savant peintre du déluge, si capable de laisser des modèles, n'aspire plus qu'à flatter le goût de nos femmes à la mode par cette foule de dessins pointillés qui n'attendent que l'enluminure? Ces nuages mystérieux et ces figures diaphanes qui, par parenthèse, ne sont pas de chair, cette recherche de poses voluptueuses et toutes ces grâces de convention ne rappellent-elles pas, dites-moi, les nymphes minaudières de Boucher? On disait des unes qu'elles étaient nourries de roses, on dira des autres qu'elles sont formées des vapeurs du genre romantique..... »

Ici mon homme prit du tabac. Je saisis le moment avec prestesse pour lui faire observer que si l'on pouvait blâmer Girodet de son goût subit pour un genre faux où les hommes médiocres obtiennent si facilement des succès éphémères, les savantes figures du déluge, les funérailles d'Atala, le sommeil d'Endymion, et surtout le tableau d'Hippocrate, ne cesseraient jamais d'être considérés comme autant de chefs-d'œuvre. « Eh ! oui, sans doute, reprit mon homme; mais pourquoi leur auteur quitte-t-il la route où il s'est si justement illustré? Ne connaît-il pas l'esprit des élèves? ne sait-il pas qu'ils sont toujours empressés de copier les défauts du maître, surtout lorsque ces défauts sont de nature à séduire une multitude ignorante? C'est ainsi qu'en voyant tant de louanges prodiguées à la belle Didon de M. Guérin (si belle en comparaison d'Énée), la plupart des jeunes peintres se sont crus dispensés de dessiner avec précision les jambes et les mains de leurs figures; que des formes rondes et molles, revêtues d'une couleur flatteuse, ornées d'accessoires précieux, et placées sous une lumière brillante, leur ont paru plus que suffisantes pour avoir des succès de vogue. M. Guérin est un peintre rempli d'esprit ; il a de la pensée, de l'expression, de la poésie, et c'est par-là principalement qu'il a conquis l'estime des connaisseurs; mais ce ne sont pas ces qualités que ses élèves lui emprunteront; ils s'attacheront à peindre, comme lui, dans un ton roux, à enjoliver délicieusement des meubles et des étoffes, à tromper nos yeux par une imitation frappante des plus petits détails ; et il est trop vrai de dire, par conséquent, que malgré son talent remarquable M. Guérin aura une influence très-fâcheuse sur le sort futur de l'école. »

« Eh ! que pensez-vous de M. Gros? dis-je au sévère Dubourg en l'entraînant avec moi sur le Pont-des-Arts. Ne le regardez-vous pas comme celui de nos peintres qui a le mieux entendu la couleur? — La couleur matérielle, oui, sans doute ; nul ne fait mieux que lui sa palette, et ne trouve comme lui, sans recherche, le ton juste de chaque objet; mais l'emploi des grandes lumières, mais le ton général du tableau, voilà ce qu'il néglige trop souvent. Il n'y avait que bien peu d'air dans son *embarquement de Madame;* il n'y en avait pas du tout dans le *Départ du roi.* Son *Ariane*, vous le savez, et, ce qui est pis encore, son *Saül*, ont vivement affligé ses amis. M. Gros, enfin, n'a point de principes sûrs, et j'en conclus que son exemple n'est pas capable d'arrêter la décadence dont nous nous plaignons. Toutefois, sa *Peste de Jaffa* est une des plus belles productions de la peinture moderne; il y a de l'imagination, de la fougue, de l'enthousiasme, et une exagération entraînante dans ses grandes batailles. Le ton brillant, l'ordonnance et la finesse d'exécution qu'on remarque dans son *Charles-Quint à Saint-Denis* attestent l'extrême souplesse de son talent. Qu'on l'admire souvent, rien de mieux; mais qu'on ne le prenne pas pour modèle. — Est-ce que vous réserveriez cet honneur à M. Gérard?...»

A ce nom de Gérard je vis un léger mouvement dans les traits de mon opticien: «Oui, me dit-il, d'un air composé. — Et quelle peut être votre raison? — Il est premier peintre du roi.»

Je n'aurais pas déjà reconnu que M. Dubourg était un original, que, d'après cette ironie, presque impertinente, j'en aurais eu la certitude. «Quoi! lui dis-je, de la dissimulation, de la raillerie! Ce n'est pas, sans doute, parce qu'on est élevé en dignités qu'on est au-dessus de la critique. Un homme qui aime comme vous les proverbes, sait trop bien qu'*un' freno indorato non megliora il cavallo*. — Eh bien, dit à demi-voix M. Dubourg, qui semblait craindre d'être entendu, je vais m'expliquer franchement. Des cinq ou six peintres que la voix publique place au rang des maitres, M. Gérard n'est assurément pas celui dont le génie a le plus de force et d'élévation ; je ne le regarde pas comme un de ceux dont la science a le plus de profondeur; mais il réunit, dans une proportion à peu près égale, un plus grand nombre de qualités. Son dessin, qui n'est pas d'un grand style, manque quelquefois de vigueur, mais le goût en est ordinairement pur. Il plaît par des formes élégantes. Sa couleur est rarement franche ; souvent même elle n'a pas toute la fraicheur, toute la vérité désirable, surtout dans les tableaux d'histoire, où le peintre semble avoir peur d'employer les grandes lumières. Mais jamais non plus, on n'y trouve d'affectation marquée ; elle y est habilement fondue, et il y règne une sorte d'harmonie qui ne laisse pas d'avoir quelque charme. Comme cet artiste, d'ailleurs, compose avec un esprit remarquable, comme il ne manque jamais de soigner de son mieux, ce qui attire d'abord l'attention, c'est-à-dire les têtes et les costumes, on ne songe guère à examiner rigoureusement sa façon de peindre les nus, qui, par parenthèse, sont très-rares dans ses tableaux. En dernière analyse, il supplée aux éminentes qualités que donnent de vastes conceptions et le sentiment du grandiose, par le talent d'éluder merveilleusement les grandes difficultés. Il se distingue, surtout, par une habile pratique, par une entente parfaite des glacis, des ajustemens, des convenances et des moyens de plaire à la multitude. Il a cela d'avantageux enfin, que, s'il ne possède pas un de ces talens transcendans et sublimes dont les exemples peuvent être à la fois si admirables et si dangereux, il en approche quelquefois (autant que l'esprit peut approcher du génie), et qu'il ne tombe jamais du moins, ni dans l'exagération ni dans le trivial; d'où je conclus que son influence sur l'école ne sera ni utile ni préjudiciable aux intérêts de l'art. »

On peut bien croire que je n'adoptai pas sans réserve la sévérité de ce jugement sur l'auteur de Bélisaire, c'est-à-dire sur l'auteur d'un tableau célèbre où je trouve réuni tout ce que le sentiment a de plus exquis; mais je ne voulus pas disputer, et j'essayai de faire parler mon homme avec la même franchise sur quelques autres membres de l'Académie. Il était malheureusement fatigué : un accès d'asthme venait de le prendre; et, du Pont-des-Arts au Salon, je ne pus lui arracher que des phrases décousues.

« Les élèves de M. Regnault, lui dis-je, me paraissent dans une bonne route. — Bonne route, mais diablement froide. — Comment jugez-vous M. Le Thiers? — Comme un homme qui a fait en sa vie une superbe composition, et à qui, pour être grand peintre, il n'a manqué que de savoir peindre. — Aimez-vous mieux le talent de M. ***? — Belle comparaison, vraiment! — Expliquez-vous. — M. *** dessine bien, il peint bien; il est savant dans toutes les parties de son art. Je voudrais qu'il le fût davantage dans l'art de se faire valoir. — Et Carle Vernet? — Quel dommage qu'il ait dépensé tout son talent en petite monnaie! — Et M. Garnier, qu'en dites-vous? — Qu'il raisonne très-bien sur son art. »

Voyant que je n'aurais rien de mieux pour le moment, je cessai d'inutiles questions; aussi-bien étions-nous déjà aux portes du Musée.

A peine eûmes-nous le temps de déposer nos cannes et d'acheter le livret, que M. Dubourg, m'arrêtant au bas de l'escalier, me dit du ton le plus solennel : « Surtout, monsieur, pesez bien mes » paroles. Quand il m'arrivera de dire d'un tableau : » Voilà qui est bon, voilà qui est mauvais, vous » saurez discerner la force relative de mes expres- » sions. Tel ouvrage pourrait me paraître détes- » table, venant d'un peintre à cordon noir, qui » aurait droit à mon indulgence s'il était de » M. Brochot.

» *Parcere subjectis et debellare superbos.* »

Je promis à mon pédagogue de faire cette distinction, et nous entrâmes dans le sanctuaire.

« Ah ! bon Dieu, » s'écria M. Dubourg sitôt qu'il vit le grand salon, « quel éblouissant papillotage ! quel prodigieux assemblage de couleurs discordantes ! souffrez que je détourne les yeux !.. J'aime sans doute les galeries de tableaux ; je les crois utiles à l'art ; mais où est la bonne institution dans ce monde qui n'ait pas son mauvais côté ? Persuadez-vous bien, mon cher monsieur, que ces jeunes gens n'auraient pas songé à exagérer ainsi la vivacité de leur couleur, s'ils n'avaient pas connu d'avance le fâcheux effet de ces énormes expositions, où le tableau le plus éclatant est presque toujours celui qui plaît le plus au vulgaire, et où les chefs-d'œuvre de Lesueur, peut-être même ceux de Raphaël seraient certainement tués par les rouges crus et les outremers de tels et tels,.. qui pourtant ne font pas de chefs-d'œuvre. Qu'en résulte-t-il ? une émulation dont le principe est louable sans doute (car il est naturel de ne pas vouloir être éclipsé), mais dont l'effet, toujours progressif, doit devenir insupportable. Ces messieurs essaieront bientôt de nous peindre le soleil en plein midi. — Mais quel serait, suivant vous, le moyen de remédier à cet inconvénient ? — Rien de plus facile : recevoir dix fois moins de tableaux ; renvoyer sans pitié tout ce qui, suivant l'expression de Molière,

» Sort du bon naturel et de la vérité ;

et ensuite assortir les tons ; veiller avec soin à ce que l'esprit de bon voisinage soit toujours respecté dans l'ordonnance du Salon. M. de Forbin, qui s'y connaît, M. de Forbin, qui a plus que moi, peut-être (et, sans amour-propre, ce n'est pas peu dire), le sentiment intime de l'harmonie, doit être de mon avis à cet égard ; mais les réclamations, les prétentions, les criailleries l'obsèdent sans relâche ; et, tout grand seigneur que l'on est, on veut vivre en paix avec tout le monde. »

« Ainsi, dis-je, vous n'auriez pas reçu cette grande machine de M. Vafflard (n°. 1644) ? — La *dernière bénédiction de M. Bourlier ?* Non, assurément. On n'accusera pas l'auteur d'être un ennemi des lumières. Il y en a pour toutes ses figures, et même tout y est tellement éclairé qu'aucune incorrection de dessin ne peut échapper aux regards du critique. A la place du jury, je l'avoue, j'aurais bienveillamment conseillé à l'auteur de remporter sa grande page, et de mettre pour le moins un an à la corriger d'après ce principe,

» Que l'ombre prête aux clairs un calme officieux,
» Et les fasse valoir en reposant les yeux.

» Quelle est cette figure de jeune homme qui a une longue barbe, et dont le teint est si fleuri ? — C'est le *fleuve Scamandre*, par M. Lancrenon (N°. 1020). — Je n'accorde pas trop bien, il est vrai, cette marque caractéristique de l'âge mûr avec cette figure de vingt ans, et je ne puis m'expliquer la chose que par l'idée d'une barbe postiche empruntée à quelque satyre; mais cette fille sans vêtemens, pour laquelle le jeune fleuve paraît s'échauffer, est d'une fraîcheur très-revenante. Si l'on ne voit plus aujourd'hui tant de charmes pétris de roses et de lis, c'est que le costume moderne nous dérobe une infinité de choses. Nous sommes vraiment au siècle de fer : le siècle d'or était bien plus drôle. » (Ici M. Dubourg se mit à rire de cette facétie, et je ris aussi par complaisance.)

Comme nous étions encore près de la porte, nous entendîmes une dame s'écrier : *Ah! que c'est bien lui!* «Comment! qui, lui? » dit notre juge sévère qui se croyait apparemment reconnu. — C'est de ce portrait qu'il s'agit, lui répondis-je; voyez, n°. 820, *M. le comte Chaptal, pair de France.* Est-il rien de plus ressemblant? — Ressemblant, ressemblant, tout cela est bel et bon; mais que me fait ce beau mérite à moi, qui de ma vie, peut-être, ne rencontrerai l'original? Le portrait est largement peint, il a du relief, de la vie; or, voilà en quoi je l'admire. Pouvez-vous m'en nommer l'auteur? »

Je lui fis lire le nom de M. *Gros*, et je le vis se mordre les lèvres.

«Quelle est donc, me dit-il ensuite, cette figure qui se cache à l'ombre d'une vieille muraille (N°. 334)?

J'avoue qu'à la première vue je l'avais prise pour un homme; mais; malgré les vêtemens épais qui l'enveloppent, je reconnais maintenant une mère effrayée, qui veut dérober son enfant à la poursuite des barbares. — En effet, le livret indique *une scène du massacre des innocens*, par M. Coignet. — J'imagine que vous n'admirez pas les figures des plans éloignés. Quelle faiblesse de touche dans ces fonds, et quelle indécision dans le dessin! — Oui, j'abandonne à votre censure toute une moitié du tableau, mais accordez-moi quelques éloges pour le reste. Ce groupe du devant n'est-il pas vigoureusement peint? Ce contraste d'une grande masse d'ombre avec cette lumière dorée n'est-il pas d'un effet pittoresque? Enfin, la frayeur dont cette pauvre mère est saisie ne se communique-t-elle pas à votre âme? Je suis sûr que la pitié va vous émouvoir. — Allons, vous voulez me prendre par les sentimens; eh bien, oui, je me sens touché, et je vous déclare volontiers que M. Coignet... — Ne déclarez rien, dit en l'interrompant un petit homme qui nous écoutait; ce M. Coignet a ici près un autre ouvrage, et, pour pour mieux le juger, sans doute, vous voudrez voir tout ce qu'il a fait.» Nous suivons alors cet inconnu dans la grande galerie, et là il nous montre un tableau de grande dimension où l'on ne voit que deux figures. Ces deux personnages, habillés à la romaine, sont représentés vis-à-vis l'un de l'autre dans une demi-teinte rembrunie qui règne sur tout le devant du tableau. Là ils se dessinent sur le fond, comme des silhouettes, et ils se regardent sans faire un mouvement. — Par grâce, dit M. Dubourg, expliquez-nous ce mystérieux sujet. — Quoi! vous ne reconnaissez pas le farouche rival de Sylla? vous ne l'entendez pas prononcer ces mémorables paroles : *Va dire à Sextilius que tu as vu Marius proscrit, assis sur les ruines de Carthage.* — Monsieur, les paroles en peinture ne sont pas faciles à saisir. Je veux bien croire ce que vous me dites; mais, tout en convenant que votre Marius n'est pas dépourvu de caractère, et qu'il y a quelque originalité dans cette composition, je vous avouerai que l'artifice dont le peintre s'est servi pour rendre son tableau romantique est peu digne du style de l'histoire. A tous ces contrastes forcés, à ces bizarres effets de lumière, je préfère une ordonnance simple et naturelle et des figures franchement éclairées. Je suis toujours disposé à croire que ce qu'on cache, on fait bien de ne pas le montrer.

»Retournez-vous, me dit M. Dubourg, et regardez ce groupe aérien. — *Pandore descendue sur la terre par Mercure* (N°. 16). C'est l'ouvrage de M. Allaux. — Cette Pandore est singulièrement longue. — Bon! j'allais la trouver trop courte! — Y aurait-il du malentendu? (M. Dubourg met ses lunettes.) Eh! vraiment oui; je prenais les jambes du dieu pour celles de Pandore. Où diable celle-ci fourre-t-elle les siennes? — Elle les tient repliées sous elle, et elle les entortille soigneusement dans cette gaze violette dont le messager des dieux s'est précautionné. — Par ma foi, jambes et draperies, tout me semble bien entortillé. Du reste, si ce groupe est mal conçu, si le Mercure est un peu trop long de taille, s'il est trop excusable de confondre ensemble diverses parties des deux figures, il y a de la grâce dans le faire; ces carnations sont peintes tendrement; et, si l'auteur est encore jeune, il a l'espoir de se corriger. — Cet espoir est d'autant plus fondé que l'artiste, dans cet autre tableau (une scène du *combat des Lapithes contre les Centaures*, N°. 15), a choisi un tout autre genre de sujet. — Là un dieu qui porte une femme; ici un monstre qui porte un homme, et deux figures seulement dans chaque tableau! je ne vois pas là, je l'avoue, un grand effort d'imagination. — Trouvez-vous enfin le dessin correct? — Il est ferme, la touche est grasse, et le tout me paraît d'un assez bon style; mais on nous annonce un sujet: je ne vois qu'une académie.

» Quel est cet homme noir et barbu qui s'amuse à plonger dans la mer? — *Ulysse en butte au courroux de Neptune* (par M. Paulin Guérin). — Encore une fraction de sujet et pas la moindre composition. Pour nous intéresser à un grand désastre, il faut nous en montrer l'ensemble, ou du moins réunir celles des circonstances qui sont le plus propres à nous en donner une idée générale.

» Un sujet n'est jamais assez tôt expliqué.

» Ici nous ne voyons que deux figures, et encore l'auteur s'est-il bien gardé de les grouper. Le Neptune n'a qu'une tête commune : pas la moindre dignité dans sa colère. Où est le *placidum caput* de Virgile? et cette ligne transversale que trace Ulysse en se jetant dans l'eau, la tête en bas, comme un animal aquatique, quoi de plus désagréable à l'œil! La figure de ce prince est vigoureusement peinte, dira-t-on; soit, mais il est fort à regretter qu'un artiste distingué n'ait pas réservé tant de soins et de talent pour un ouvrage plus digne de lui. »

« On m'a parlé d'un grand tableau de M. Abel de Pujol. Cela vaut-il sa réputation? — Le sujet, d'abord est touchant : *Germanicus sur le champ de bataille où Varus et ses légions furent massacrés par les Germains.* — Il me semble au premier coup d'œil que ce ton de couleur est bien cru. — Oui, mais je vois là des figures qui gagnent à être considérées. Remarquez ce soldat assis; ne vous paraît-il pas admirable? — J'aimerais mieux avoir à louer la figure de Germanicus; car, enfin, c'est celle du héros. La tête de ce prince est belle; mais, vers la partie inférieure du corps, comme les formes deviennent pesantes! Quels pieds et quelles mains, justes dieux! Je blâmerai ensuite Germanicus de ne pas accorder un regard de commisération à ce malheureux Valérius, qui vient expirer à ses pieds; ce n'était pas trop d'une pareille récompense pour le plus héroïque dévouement. — Oh! pour le coup, monsieur l'Aristarque, je ne serai pas de votre avis. C'est à des milliers de Romains, morts pour la patrie, que le jeune prince doit des larmes; l'attendrir particulièrement sur le sort d'un seul individu, c'eût été rétrécir dans un petit cercle tout l'intérêt d'une grande composition. Il saisit, en détournant les yeux, il serre vivement la main de Valerius; ce mouvement n'est pas moins expressif, et il est infiniment plus noble qu'une pitié plus démonstrative. Quant à la couleur du tableau, pour vous montrer, monsieur Dubourg, qu'on n'admire pas tout sans restriction, je serai tout-à-fait de votre sentiment : Les plans ne sont pas accusés; les chairs manquent de transparence; l'air ne circule point entre les groupes; enfin, dussiez-vous me reprocher l'emploi d'un terme scientifique dont on se sert souvent sans l'entendre, j'oserai dire que M. Abel de Pujol, très-habile dans le dessin et dans la composition, se montre tout-à-fait novice dans la science du clair-obscur. »

« Eh bien, voilà encore un homme de talent qui s'est laissé égarer par des flatteries ridicules. L'auteur de ce tableau (Henri IV pardonnant à des paysans qui avaient fait entrer des vivres dans Paris, n°. 1485), s'était annoncé il y a dix ou douze ans par quelques ouvrages où l'on reconnaissait une grande fermeté de pinceau, une touche facile et franche, et, sinon une grande élégance, du moins une louable correction de dessin. Malheureusement à ces qualités précieuses il était loin de joindre l'élévation du style, la délicatesse du goût, le sentiment de l'harmonie; et son coloris, trop également clair, trop dépourvu de demi-teintes, pèchait presque toujours par de choquantes crudités. Quelques journalistes osèrent, dans le temps, l'avertir de ces défauts, l'inviter à travailler plus difficilement, à étudier la sympathie des couleurs, à ménager avec plus de soin le passage des clairs aux bruns et la distribution des lumières, à se former le goût sur la belle nature et à mettre du moins quelque élévation, quelques pensées nobles dans ses têtes. Ces journalistes assurément étaient ses véritables amis. On a calomnié leur franchise, on les a signalés comme des envieux, et, loin d'abandonner la fausse route où il s'était imprudemment engagé, M. Rouget s'est fermement promis, à ce qu'il paraît, de n'en jamais sortir. Voyez le beau résultat de cette persévérance. Quels tons blafards! quelle nullité d'expression! que de têtes sans idées et sans caractère! Vit-on jamais une telle rusticité de pinceau, des figures plus longues et plus fluettes?

un ministre plus mal nourri (Sully)? une composition aussi froide et aussi décousue? L'auteur est encore libre de revenir sur ses pas ; j'aime du moins à me le persuader; mais qu'il ne perde pas un moment, et qu'il sache enfin rendre justice aux censeurs impartiaux dont les sages avis l'avaient offensé (1). »

« Enfin, monsieur Dubourg, dis-je à mon homme, voilà un peintre à qui, j'espère, vous ne ferez pas de pareilles exhortations. S'il est aujourd'hui un artiste qui, de votre aveu, sache mettre à profit le conseil de Boileau,

« Que d'un art délicat les pièces assorties
» Ne fassent qu'un seul tout de diverses parties ;

c'est assurément le baron *Gérard*. Personne, je pense, ne lui contestera l'art de prévenir la critique par toutes les précautions que lui suggèrent le goût et la prudence. — Voyons, voyons, monsieur l'enthousiaste, si, comme vous paraissez le croire, votre baron est invulnérable. C'est donc là son fameux *Philippe V*? — Point de prévention, je vous prie ; oui, c'est là ce Philippe V, qui a déjà valu à

---

(1) L'humeur de M. Dubourg l'emporte trop loin ; il y a dans ce mauvais tableau une belle figure, celle du paysan à genoux. M. Rouget a d'ailleurs fait cette année quelques portraits pleins de mérite.

l'auteur les plus honorables suffrages ; regardez-le bien, examinez-le tout à loisir, et, pour y prendre plus d'intérêt, lisez au bas le nom de chaque personnage. — Oh ! peu m'importent les ressemblances! C'est d'un autre mérite qu'il s'agit. Faisons d'abord une opération. — Laquelle? — Tirons en idée une ligne droite à cette hauteur du tableau; tirons-la dans toute la largeur de la toile. — Après? — Comment! vous ne vous apercevez pas que cette ligne traverse toutes les têtes, celle du jeune prince exceptée? — Sans doute; mais qu'en conclurez-vous? — Qu'une pareille rangée de têtes est passablement symétrique, et j'ajoute que la symétrie est ce qu'il y a de plus froid en peinture.

» *Jucundum nihil est nisi quod reficit varietas.*

Considérez, en outre, que ces personnages, droits sur leurs pieds, sans mouvement et sans expression (comme sont, dit-on, tous les courtisans), ne laissent pas de rendre plus froid encore l'effet général de la composition. — Toute la faute en est au sujet. — Je le croirai quand vous pourrez me prouver que le génie de Raphaël ou de Rubens n'aurait trouvé aucun moyen d'animer cette scène d'apparat par des attitudes plus variées ou par des contrastes de lumières. Revenons, au surplus, à ces mêmes têtes, dont on veut nous faire admirer l'alignement horizontal : voyez, dans ces groupes de droite et de gauche, cette heureuse conformité de santés et de carnations. Hors la figure du duc de Bourgogne, dont le teint pâle annonce quelque mélancolie, comme tous ces visages sont frais et de forme arrondie! comme ils ont l'air d'avoir été faits à l'entreprise! Ne cherchez pas sur l'épiderme fleuri des princes le moindre accident; vous n'y trouveriez pas une trace de petite vérole, pas une différence de ton, point de détails individuels enfin; tous ces illustres personnages ont le même sang, la même humeur, le même tempérament, et je dirai presque le même âge; car voyez la figure de *Monsieur*, qui doit avoir ses soixante ans, elle nous semble presque aussi jeune que celle du grand-dauphin, qui en a tout au plus trente-neuf. — Cependant ce légat du pape ne ressemble nullement à un Français; Bossuet est facile à reconnaître, et il y a sur le visage de l'ambassadeur espagnol une assez juste indication de sa physionomie nationale. — Parbleu! ce sont des exceptions, et si rien absolument ne faisait diversion à la monotonie de l'ensemble, nous ne nous occuperions, ni vous ni moi, d'un pareil tableau. — J'en suis fâché pour vous, monsieur Dubourg; mais votre plaisir est d'exagérer le mal et de fermer les yeux sur tout ce qu'il y a de bien. Pour moi, dont l'humeur est plus égale, je reconnais dans vos critiques quelques observations fondées; je fais plus, je vous accorde qu'en général le coloris manque de franchise, que le ton de quelques draperies et celui des soies, en général, est équivoque, et que, dans la crainte trop scrupuleuse de faire papilloter les ors, dont l'extrême profusion était en quelque sorte commandée, le peintre a presque toujours été forcé d'assourdir, par l'abus des glacis, une couleur générale, dont le trop vif éclat vous aurait sans doute fourni bien d'autres sujets de critique. Mais voilà, je pense, assez de concessions; tenez m'en compte, je vous prie, et convenez avec moi.... — Je ne conviens de rien. — Si fait, vous conviendrez avec moi que le groupe du milieu est bien entendu, que l'ambassadeur espagnol est ce qu'il doit être, bien empressé, bien exagéré dans ses respectueuses démonstrations; que la pose et toute la personne de Louis XIV est noble, simple, paternelle, et qu'une aimable modestie de jeune homme s'unit bien heureusement à un air de bonté digne d'Henri IV, dans toute la personne du jeune roi d'Espagne. Que de grâce, quelle finesse de ton, quelle touche onctueuse et délicate, quel goût d'ajustement dans toute cette figure! C'est là, c'est sur ce groupe central si habilement peint que se porte tout l'intérêt de la composition, ou plutôt c'est le sujet même. Nous laisse-t-il quelque chose à désirer? L'œil et l'esprit n'en sont-ils pas également satisfaits? Connaissez-vous enfin quelques peintres qui eussent traité avec plus d'art et de sentiment une pareille scène? Si le reste est moins bien, je m'en console, le reste n'est que de l'accessoire. N'est-il pas reconnu d'ailleurs que dans tous les arts il faut savoir faire des sacrifices? Si ces ducs, ces comtes, ces marquis de droite et de gauche revenaient au monde, ils n'auraient sans doute pas la prétention de se faire remarquer à côté de leurs maîtres; ils se trouveraient trop heureux, au contraire, de rehausser un peu, à leurs dépens, l'éclat de la majesté royale; car c'est ici, comme dans les affaires publiques : *In medio virtus.* »

« Assez, assez s'écria, M. Dubourg, on n'a pas l'espoir de vous convaincre; je ne ferai plus qu'une observation. On a beaucoup loué M. Gérard d'avoir su concilier la noblesse du style historique avec le costume du temps et le volume des perruques.— Était-ce donc une si petite affaire?—Vingt autres peintres l'avaient fait avant lui. —Je le sais. — Voyez seulement à Saint-Étienne le grand tableau de Largilière, et jugez si le prétendu problème n'y est pas aussi bien résolu que dans votre tableau de Philippe V. — Je ne vous dis pas le contraire. —Que dites-vous donc? —Que Largilière fut un peintre habile et que c'est assez pour M. Gérard de soutenir la comparaison. »

Je ne sais ce qui déplut à mon homme dans ces observations modérées. Il se jeta au milieu d'un groupe qui venait de se former près du tableau de

M. Delacroix (scènes des massacres de Scio) et, cinq minutes après, je l'en vis sortir rouge de colère. « C'est affreux, c'est épouvantable, c'est l'abomination de la désolation, » s'écria-t-il, en rajustant son faux toupet. — Qu'est-ce ? qu'avez-vous ? à qui en voulez-vous ? lui dis-je, avec un peu d'émotion. — Ah ! mon ami, quel guet-apens ! je viens de tomber dans un guêpier. Trente jeunes fanatiques attroupés, qui poussent des cris d'admiration devant une des toiles les plus barbouillées qu'il soit possible d'imaginer ! — Allons. Vous aurez critiqué ce tableau avec un peu trop d'amertume et vous vous serez fait une affaire. — Eh ! qui pourrait le juger de sang-froid ? Quelle couleur ! Quelle incorrection ! Quelle nature pauvre et hideuse ! Les vandales ! ce que j'appelle dureté, ils disent que c'est de l'énergie. Ces mouvemens forcés sont d'heureuses hardiesses. Ces touches qu'on voit de cent pas, et que je compterais d'ici sans lunettes, ces formes sèches et anguleuses, ces bras et ces jambes pétrifiées sont les marques certaines d'un génie mâle qui dédaigne les procédés vulgaires. Toutes ces carnations pouries, toutes ces ombres mêlées de rouge, donnent au tableau l'aspect sinistre qu'il doit avoir pour nous faire frémir ; bref, il ne tient pas à ces juges imberbes que le plus affreux tableau du salon n'en soit proclamé le chef-d'œuvre. — Vous tenez trop à vos préjugés d'école, mon cher maître, et vous chargez trop la critique. Si cet enthousiasme est ridicule, il passera de lui-même, je vous assure, et le meilleur moyen de n'en pas prolonger la durée c'est de ne pas le combattre sérieusement. Si vous aviez d'abord fait, en vous-même, une observation assez naturelle, vous vous seriez, je crois, moins emporté. Ce prétendu chef-d'œuvre n'est encore qu'une sorte d'ébauche; c'est le premier jet d'une grande pensée, et, à ce titre, il peut, suivant moi, être jugé digne de remarque. On y trouve du sentiment, de la verve, de la terreur et quelques parcelles de ce feu sombre qui brille dans les tableaux du Dante. Nul doute que l'auteur ne se perde sans retour, si le succès outré de cette composition l'engage à suivre la route qu'il vient de prendre, et qui mène droit à la barbarie; il se pourrait même qu'il n'affectât ce mépris de toutes les règles que pour déguiser à nos yeux l'impuissance de les observer; mais, s'il n'a réellement voulu faire là qu'une esquisse, et s'il possède tout le talent d'exécution nécessaire pour la convertir en un beau tableau, alors je verrai en lui un grand peintre, et je serai le premier à l'applaudir. Venez de ce côté, mon cher maître, et ne vous échauffez pas ainsi. »

Comme j'entraînais mon homme vers un banc où j'étais impatient de le déposer, je sentis quelque chose rouler sous mes pieds : c'était un petit manuscrit tout chargé de mots et de signes au crayon. Je me rappelai que peu d'instans avant j'avais vu ce rouleau sortir de la poche d'un homme de lettres (ou d'un homme que j'avais pris pour tel); et, pour chercher des renseignemens sur la demeure de cet inconnu, je me mis à lire plusieurs pages. Je transcris ici quelques-unes des notes sans rédaction qu'il se proposait sans doute de mettre en œuvre dans un journal de la capitale.

NOTES AU CRAYON.

N°. 933. *Un site des Vosges.* Mon Dieu, préservez-moi des dîners sans façon et des paysages d'amateurs!

N°. 976. M. Kinson. *Portrait en pied de madame* ***. Rien de plus gracieux que ce tableau :

« Du pinceau délicat les touches adoucies
» Semblent avoir glissé sur les superficies. »

Et nos plus célèbres artistes en modes, les *Herbault*, les *Victorine*, semblent avoir donné des leçons de goût à M. Kinson. Mais ne sait-il peindre que les femmes? C'est de lui surtout que Colardeau aurait dit avec raison :

« La mollesse toujours accompagne la grâce. »

N°. 709. *La transfiguration*, sujet demandé (par M. Gassies). Il fallait bien que ce sujet fût demandé, commandé même ; autrement quel artiste se serait hasardé à rappeler qu'un assez bon peintre, nommé Raphaël, l'avait jadis traité avec assez de succès ; mais point de comparaison, dont la modestie de M. Gassies puisse s'offenser. M. *** mettrait au théâtre une nouvelle Phèdre ou une autre Athalie, que je ne le comparerais point à Racine. — Composition simple, mais trop symétrique : s'il est convenable de placer dans le milieu du tableau le personnage sur lequel on veut attirer l'attention, il ne faut pas du moins que les autres figures forment autour de lui une sorte de cadre. — Dessin correct, draperies lourdes et d'un ton de couleur équivoque ; détails un peu trop sacrifiés à l'effet général : ces airs de tête manquent d'expression. C'est à tort qu'un des apôtres, à demi renversé, se couvre les yeux de son manteau : ce geste n'est pas justifié par l'éclat très-supportable des lumières qui partent du visage de Jésus-Christ. Cette auguste figure manque elle-même de légèreté et de transparence, ainsi que les nuages qui l'entourent. M. Gassies a de la correction dans le dessin ; on sait qu'il serait en état de peindre avec vigueur une scène plus analogue à son genre de talent : qu'on lui laisse donc le choix de ses sujets (1).

---

(1) Nous retrouverons autre part M. Gassies.

N°. 1628. *Les âmes du purgatoire s'élevant vers le ciel.* Il est difficile de juger un pareil tableau, qui attire d'abord les regards par une grande vivacité de couleur, mais dont les détails un peu incohérens échappent à l'analyse, comme tout ce qui tient aux mystères se dérobe à notre intelligence : le jeu des lumières y est tout-à-fait énigmatique. Comment le bras d'une de ces femmes, qui s'élancent avec amour vers le paradis, est-il éclairé du même ton en dessus et en dessous? et pourquoi tout ce monde ne suit-il pas la même route? Des figures de bienheureux, que je vois groupées dans le ciel, semblent annoncer que le paradis est de leur côté, et cependant ce n'est pas vers elles que paraît se diriger l'ascension des âmes. Je crois apercevoir des bras un peu longs et des raccourcis faiblement sentis. On doit, au surplus, convenir que si tout n'est pas facile à comprendre dans cette composition aérienne, elle ne laisse pas d'annoncer un pinceau facile et brillant. Il ne tiendrait même qu'à moi d'y trouver plus d'une idée philosophique; mais ce genre de recherches n'est pas de mon ressort.

N°. 16. *La flagellation de Jésus-Christ*, par Ansiaux. Le grand éclat des peintures de la galerie nuit à l'effet de ce tableau, dont l'ordonnance est sage et le dessin correct. Les figures manquent un peu de relief; mais il y a des têtes d'un caractère

convenable, et elles sont peintes avec assez de fermeté pour faire regretter que l'artiste n'en ait pas mis autant dans quelques autres parties de sa composition. M. Ansiaux a un succès plus décidé dans les sujets du genre gracieux, témoin son *Angélique et Médor* et son *Armide*. On a de lui aussi quelques bons portraits, et de plus il est homme d'esprit (1).

N°. 243. *Intérieur d'une ruine gothique sur les bords de la mer*, par Bouton. On retrouve ici tout le talent de l'auteur, talent qui ne consiste pas uniquement, comme celui de tel ou tel peintre d'intérieur, dans une imitation matérielle de la nature. L'ombre qui se prolonge tristement sous ces voûtes en ruine, ce ciel orageux qu'on aperçoit dans le lointain, et la vue de la malheureuse femme qui est près de mourir sans secours au milieu de cette solitude, nous pénètrent d'un secret effroi. Il n'y a même pas jusqu'au chien vigilant, dont les regards inquiets se fixent sur l'inconnue, qui ne joue dans cette scène romantique un rôle rempli d'intérêt.

N°. 164. *L'Assomption*, par Blondel. Peu de transparence, peu de légèreté dans ces nuages; la vierge est belle, mais non de la beauté qu'on se

---

(1) On ignore pourquoi l'auteur de ces notes a passé sous silence le *saint Paul à Athènes*, par M. Ansiaux. C'est une grande composition, dont le beau sujet est très-bien rendu.

croit en droit de trouver dans une vierge. Pourquoi cette sainte figure allonge-t-elle ainsi les jambes avec une raideur qui contracte l'orteil de son pied droit? Miraculeusement portée au ciel par un groupe d'anges et soutenue par plusieurs nuages, elle semble ne devoir faire aucun effort. J'observe en outre que ces anges sont un peu longs de taille et qu'ils renversent leur tête en arrière d'une manière peu gracieuse; du reste les jambes et les pieds sont peints avec une pureté et une finesse remarquables, et l'ensemble ne manque pas d'harmonie. Il y a quelques figures d'un bon goût de dessin et un ton de couleur assez ferme dans l'*Élisabeth de Hongrie*, du même auteur (n°. 163); mais la figure d'Élisabeth est d'un blanc trop mat, et les traits de son visage laissent à désirer un caractère plus élevé.

297. *Massacre des innocens*, par M. Champmartin. Ce tableau *crayeux* est-il peint sur toile, ou faut-il n'y voir qu'un simple carton? On pourrait même demander si c'est de la peinture, tant il ressemble à un dessin frotté de céruse et de pastel. La plupart des figures sont d'une forme qui annonce de la facilité et une louable hardiesse de main. Le cavalier qui se baisse en avant pour arracher un enfant des bras maternels, se fait remarquer par un mouvement bien senti, qu'il n'était pas donné à tout le monde de bien rendre; mais en

se bornant à des lignes de contour légèrement ombrées, l'auteur a évidemment voulu s'épargner les plus grandes difficultés de son art; et il doit s'attendre à ne recueillir que des louanges proportionnées à l'infériorité de ce nouveau genre.

N°. 1440. *Roger délivrant Angélique*, par M. Rioult. « Pourquoi l'hippogryphe, qui me plaît tant dans le poëme, me déplairait-il sur la toile? j'en vais dire la raison, bonne ou mauvaise : L'image, dans mon imagination n'est qu'une ombre qui passe. La toile fixe l'objet sous mes yeux et m'en inculque la monstruosité. Il y a entre ces deux imitations la différence de : *il peut être* à *il est.* » (Diderot.)

Cette raison, que je trouve assez bonne, et qui s'applique, suivant moi, à la représentation de tous les objets fantastiques, n'empêche pas qu'on ne discerne, dans ce groupe, des finesses de dessin et une délicatesse de pinceau dignes d'éloge (1).

N°. 545. *Naissance de S. A. R. monseigneur le duc de Bordeaux*. Il n'y a guère que le sujet du tableau qui soit à peu près manqué. Le groupe des officiers de la garde, et surtout les bottes luisantes de ces braves trouvent un bon nombre d'appréciateurs.

---

(1) Il n'est pas indifférent de savoir que l'auteur, quoique fort jeune, est privé de l'usage d'un bras, et ne peint que de la main gauche.

N°. 1248. *Descente de croix*, par M. Mouchy. Après celles de Rubens, de Daniel de Volterre, de Jouvenet, il était difficile de traiter ce sujet d'une manière neuve : M. Mouchy n'y est point parvenu. Cependant il a su se préserver de plagiat, et l'on ne trouve même pas dans sa composition, qui a beaucoup de mérite, de trop frappantes réminiscences. Nous lui reprocherons seulement cette affectation de détails anatomiques qui donne à son dessin un air tourmenté, et l'opacité de ses ombres, dont l'ensemble paraît un peu sale. M. Mouchy est-il un jeune homme? On pourrait le penser, par la raison qu'il n'avait jusqu'à ce jour rien exposé de remarquable ; mais, à l'aspect de sa descente de croix, qui rappelle les tons jaunes et enfumés de la vieille école, il est encore plus naturel de croire que son talent date d'assez loin.

N°. 1571. *Locuste remettant à Narcisse le poison destiné à Britannicus, en fait l'essai sur un jeune esclave*, par M. Sigalon. Tout en voyant avec regret le choix que nos jeunes peintres font habituellement de sujets froidement odieux, au lieu de chercher, comme les grands maîtres, leurs moyens de succès dans le degré d'émotion où le cœur aime à s'arrêter, dans les scènes qui n'excitent la pitié et la terreur que jusqu'au point où elles sont un plaisir, tout en déplorant, dis-je, cette tendance visible de notre école vers un genre que ni Crébillon ni Dubelloy n'ont pu rendre supportable au théâtre, je dois rendre justice au talent extrêmement remarquable que M. Sigalon a déployé dans ce tableau. La pose et l'expression concentrée de Narcisse sont d'une vérité qui fait frémir. Le visage de l'infâme Locùste répond parfaitement à l'idée que Suétone et Tacite nous donnent de cette mégère; enfin, la figure du malheureux esclave qui expire en se roulant par terre sans oser injurier les auteurs de sa mort, offre un mérite de dessin et une science de raccourcis qui honorent doublement le crayon et le pinceau de l'artiste. Remarquez néanmoins qu'aucun de ces personnages n'a un beau caractère de formes. Le sujet s'y opposait trop, et c'est encore une raison de craindre que ce genre de compositions, qui n'est guère propre qu'à inspirer des idées basses, ne nous fasse perdre rapidement ce goût de la belle nature auquel nous devions notre célébrité. Il est vrai de dire, à ce sujet, que l'horreur, dans les arts d'imitation est ce qu'il y a de plus facile à trouver, et que s'il ne s'agissait que de passer le but, rien ne serait si commun que les bons artistes.

No. 1384. *Andromaque*, par feu Prudhon. Un homme d'esprit a beaucoup loué cette composition d'un peintre dont la mort a vivement affligé les amis des arts; applaudissons au sentiment qui a dicté ces louanges, mais sachons nous tenir en garde contre l'entraînement de la sensibilité. Non, cette Andromaque n'est point un bon ouvrage. Le genre de mérite qu'on y trouve est, en quelque sorte, en opposition directe avec la nature du sujet. Rien de plus tendre, de plus fleuri, de plus *flou* que ces carnations féminines. Andromaque est jeune et jolie : Ce serait assurément une nymphe très-agréable, une séduisante Eucharis; mais, en conscience, pouvons-nous y voir la veuve d'Hector, et cette scène qu'on dit si pathétique, a-t-elle rien dont on se sente touché? Je ne puis, non plus, louer la composition du Christ en croix que feu Prudhon nous a représenté sous le numéro 1383. Quel défaut de noblesse dans le dessin et de solidité dans les carnations! que ces jambes pliées sont courtes et pauvres! Eh quoi! me dira-t-on, l'auteur de ce tableau était-il donc un mauvais peintre? loin de moi cette absurde pensée : feu Prudhon s'était fait une pratique toute particulière. Elle lui réussissait toujours dans les sujets qui n'exigent ni vigueur de ton ni dignité. Cette pratique, imitée du Corrège, mais outrée dans l'imitation, avait une sorte de grâce qui enchantait la plupart desf emmes; mais, moins savant que son modèle dans l'art du dessin, il avait fini par ne plus former ses figures de femmes que de vapeurs blanches et diaphanes, légèrement imprégnées d'incarnat. Il y a néanmoins dans ce même Christ une sorte de caractère, un sentiment, une magie de pinceau auxquels on reconnaît facilement l'ouvrage d'un peintre au-dessus du vulgaire.

Louis XIV bénissant son arrière-petit-fils, par madame Hersent (n°. 8967.) Si, comme on nous le fait espérer depuis long-temps, chaque chose doit revenir à sa place, cet excellent tableau d'une dame qui avait déjà du talent avant le mariage, sera sans doute porté dans la salle d'honneur. Le sujet, d'abord, mérite cette déférence. Il s'agit de Louis XIV, et c'est au moment où ce grand roi, repentant de ses erreurs qu'il ne peut plus réparer, exhorte son petit-fils à être plus modéré et plus populaire. Il serait difficile, je crois, de trouver une meilleure leçon. La gravité naturelle du monarque, jointe à ce que la circonstance où il se trouve a de triste et d'austère, est rendue avec beaucoup de vérité. Le sentiment des convenances qui, à la cour, et surtout à celle de Louis, surnommé le Grand, dominait et comprimait pour ainsi dire les plus tendres affections, règne dans toutes les parties de ce tableau : On ne se sent point attendri en voyant cette scène ; on la contemple avec respect et en faisant involontairement des réflexions sur le sort des grandeurs humaines. Bon goût de dessin, finesse de ton, belles étoffes, ensemble harmonieux, voilà pour l'exécution matérielle, qui est précise et soignée sans sécheresse et dont les critiques les plus sévères m'ont paru généralement satisfaits.

On voit, ou du moins, au moment où je prenais cette note, on voyait vis-à-vis du Louis XIV de madame Hersent un tableau qui pourrait lui servir de pendant (*Louis XIV et Molière*, par Pingret, n°. 1360). Celui-ci a pour sujet le moment où le grand monarque vient de faire asseoir Molière à sa table, dans le dessein de donner une leçon aux impertinens maîtres d'hôtel qui affectaient du mépris pour l'auteur du *Tartuffe*. Ici le dessin est moins ferme, la touche plus lisse et plus minutieuse; en un mot la manière du peintre tient un peu trop du faire de la miniature; mais il y a quelque vigueur et de l'accord dans le coloris. Les figures, quoiqu'un peu froides, ne manquent ni relief ni de correction.

N°. 6. *Attaque et prise du Trocadéro*, par Adam. Les objets manquent de relief. On ne respire pas librement dans ce tableau. Mais on y remarque du mouvement, des têtes bien caractérisées, et quelques bonnes idées de composition. Ce jeune artiste, qui a d'heureuses dispositions et dont on voit cette année neuf ou dix tableaux, est un des élèves ou des imitateurs de M. Horace Vernet qui saisissent le mieux la manière de ce peintre, mais auxquels on ne saurait trop repéter ce mot de feu Doyen : *suivre les gens c'est rester derrière*. Nous dirons la même chose du jeune *Ladurner* (fils d'un de nos meilleurs professeurs de piano) qui, pour son début au salon, a exposé le *combat de Mataro*. Cet élève de M. Horace a de l'esprit et de la facilité; je le crois fait pour réussir; mais la base du talent, le dessin, qui, suivant l'expression de Diderot, est à la couleur ce que la logique est à l'éloquence, manque un peu à ce jeune peintre de batailles; et je crois qu'il aurait besoin de revenir, de temps en temps, aux premiers principes.

La séduction, par Béranger (n°. 100). Petit tableau assez propre, quoique touché avec peu de précision. Couleur franche et d'un ton flatteur.

N°. 159. *Une vierge*, par mademoiselle Blanchard. Une vierge! une demoiselle! que de raisons pour nous inspirer de l'intérêt! La grande draperie rouge qui enveloppe la figure aurait pu être d'un meilleur goût; mais la tête est belle et d'une bonne couleur.

N°. 932. *Marine*, par Eugène Isabey. Encore un talent héréditaire. S'il y avait un peu plus de légèreté dans l'exécution, cet essai d'un jeune artiste, dont le nom de famille est célèbre, ne laisserait presque rien à désirer.

Accourez amis du romantique, voici du Shakespeare : *Macbeth rencontrant les sorcières sur la bruyère*, par M. Fielding (qui sans doute est un bon Anglais, bien épris du genre vaporeux). Le sentiment de cette scène est passablement rendu. Les sorcières, qui semblent se perdre dans les airs après leur apparition sinistre, ne laissent pas de justifier, par leurs formes indéfinissables, cette exclamation de Banquo : « Notre vision a-t-elle » quelque réalité ? Jouissons-nous bien de notre » raison ? » Quant au mérite du peintre, on ne peut guère mieux le définir que Macbeth et Banquo, dans la pièce, ne jugent de leurs propres illusions. Il y a seulement lieu de croire qu'un talent solide ne s'appliquerait pas à produire ces puérils effets de fantasmagorie.

N°. 179, 180, 181, M. Boilly. Il faudrait n'avoir aucune habitude de juger la peinture moderne, pour ne pas reconnaître au premier coup d'œil les ouvrages de ce joyeux artiste. On a dit assez souvent que ses carnations étaient un peu roses ; que sa manière de peindre était par trop expéditive ; mais il est bon de répéter qu'il saisit avec une sagacité surprenante tous les ridicules d'une certaine classe de la société, et qu'il ne lui a manqué qu'un peu plus d'*études* pour mériter le surnom du Teniers moderne. C'est en parlant de lui surtout que le juge le plus sévère peut dire comme Baliveau : *j'ai ri, me voilà désarmé.*

Arion, par M. Coutant (no. 384). Eh ! non, sans doute, ce n'est point là un tableau d'histoire ; mais en a-t-il la prétention ? M. Coutant n'a voulu faire qu'une belle académie et il y a réussi complétement. Couleur franche, touche large, vigueur de ton (qui n'exclut pas la grâce du pinceau), et, ce qui vaut encore mieux, formes pures et élégantes. Nous verrons par la suite si l'auteur sera aussi habile dans la composition et l'ordonnance qu'il est déjà fort sur les premiers principes de son art. Son tableau de *Ceix et Alcione*, qu'il a envoyé de Rome à Paris, il y a peu de jours, préjuge favorablement la question. Quand il visera à l'effet, du moins, ce ne sera point au préjudice des premières règles du dessin, qui sont en même temps celles du bon sens.

N°. 235. *Sujet tiré de La Fontaine*, par M. Bourdon.

« Ne forçons point notre talent,
» Nous ne ferions rien avec grâce. »

C'est l'auteur même du tableau qui cite ces vers dans sa notice. Il ne lui serait pas difficile d'en faire une juste application. Un ours que l'amour fait danser peut être plaisant en poésie ; il n'est que pesant en peinture.

M. le comte de Forbin. *Ruines de la Haute Égypte* éclairées par le soleil levant, à l'époque de l'inondation du Nil (n°. 656). *Ruines de Palmyre* éclairées par le soleil couchant (N°. 657), etc.

S'il ne s'agissait que d'un site de France ou même de notre Europe, je pourrais prendre sur moi de juger ces deux grands tableaux d'après les règles ordinaires de l'art ou d'après mes propres sensations : je ne craindrais pas alors de dire que le ton général m'en paraît trop égal partout, et que la forme des objets pourrait, au moins sur les devans, être plus fermement accusée. Mais je n'ai pas fait de longs voyages ; je n'ai qu'une idée assez vague des climats brûlans de l'Égypte, et peut-être ce ton de couleur, qui serait faux sur les rives de la Seine ou du Rhin, me paraîtrait-il d'une vérité frappante sur les bords du Nil, ou parmi les ruines de Palmyre. J'observe donc le précepte du sage: j'ai du doute, donc je m'abstiens.

Quant aux louanges que, dans toutes les hypothèses possibles, et en supposant même que M. le comte de Forbin ne fût plus directeur général, ces deux tableaux méritent certainement, elles portent principalement sur le beau choix du sujet, sur la puissance d'intérêt avec laquelle ils appellent et fixent l'attention, et sur une harmonie d'autant plus digne de remarque, que presque tout le champ de la composition est représenté sous une lumière assez vive. Il est vrai que les vapeurs du sol, surtout celles de l'inondation, ont été pour l'artiste un moyen facile d'accorder ensemble les tons de détail. C'était une sorte de glacis, presque toujours agréable, dont il a pu disposer à discrétion sans craindre de passer la mesure. Quoi qu'il en soit, et jusqu'à ce que, par de nouvelles productions, M. le comte de Forbin me fasse changer d'avis, je crois que l'emploi des grandes masses d'ombres et des jours mystérieux convient mieux que toute autre disposition du clair-obscur au talent de cet amateur, et je n'en veux pour preuve que ses tableaux de moyenne dimension (n°. 658, 660 et 661) qui, sans s'éloigner du vraisemblable, sont de l'effet le plus original et le plus piquant.

N°. 1218. *Saint Vincent de Paul*, par Meynier. Si je m'étais proposé de ranger les peintres par ordre de mérite, l'article de M. Meynier eût été imprimé au verso de mon premier feuillet. Ce tableau de Vincent de Paul est une nouvelle preuve de la facilité avec laquelle l'auteur sait traiter, dans le genre noble, les sujets les plus différens : Après avoir si poétiquement peint la jalousie de Calypso, après avoir représenté avec un succès qu'on ne peut oublier l'une des journées les plus sanglantes de la terrible campagne de 1809, il a embelli de deux allégories pleines de charmes les voûtes du Musée royal (1). Aujourd'hui c'est un trait historique des plus touchans qu'il s'est chargé de mettre en action sous nos yeux; et ce dernier de ses ou-

---

(1) L'auteur des notes se trompe, M. Meynier a peint trois plafonds au musée du Louvre.

vrages sera peut-être placé par les connaisseurs au rang de ses plus estimables productions.

Je crois qu'il s'est montré trop scrupuleux, par rapport à la ressemblance, dans la représentation de saint Vincent de Paul, qui avait le malheur d'être laid. M. Meynier pouvait, suivant moi, tout en conservant fidèlement le type de cette figure, en réformer quelques détails, dont personne ne lui aurait demandé compte; mais, à ce défaut près, et malgré quelques airs de famille entre plusieurs têtes de femmes, le sujet est rendu avec toutes les circonstances propres à en conserver, à en accroître même l'intérêt. La figure du saint est posée avec un art digne de remarque, et les groupes d'enfans sont charmans. Celui d'entre eux qui a été placé à terre sur une couverture, et les petites filles que ces bonnes sœurs de la charité présentent aux dames de la cour avec une si pieuse sollicitude, sont de véritables modèles pour l'élégante pureté des formes comme pour la naïveté de l'expression.

Ce sujet était d'autant plus difficile à traiter que la multiplicité des noirs et des blancs, presque sans diversion, était à peu près indispensable dans une scène où figurait en première ligne un prêtre en soutane et des religieuses. M. Guillemot lui-même, malgré tout son talent, n'a pas entièrement triomphé de cet inconvénient. Il y a de la sécheresse et une dureté d'oppositions très-sensibles dans son

Vincent de Paul, qui est exposé sous le n°. 850. Ce dernier tableau n'est, au surplus, que l'esquisse d'une fresque destinée pour l'église de Saint-Sulpice. En l'exécutant dans une grande proportion, il trouvera sans doute moyen d'y mettre plus d'harmonie.

Le *Vincent de Paul* de M. de la Roche jeune (car ce sujet a été traité cette année par beaucoup d'artistes) ne ressemble en rien, quant au faire et à la couleur, aux deux tableaux de MM. Meynier et Guillemot. L'ensemble en est fort agréable; mais il y a de la mollesse et de la froideur dans la touche, et l'artiste a trop sacrifié au goût de la multitude pour le poli de l'exécution.

Il s'élève à un genre plus digne de lui dans sa *Jeanne-d'Arc interrogée par le cardinal de Winchester* (N°. 457). Touche fière, lumière vive et franche. Le cardinal exprime bien, dans toute sa personne, l'égoïsme et la basse méchanceté de l'homme qui eut le plus d'influence sur le sort de l'infortunée Pucelle d'Orléans. On trouve seulement qu'il occupe une trop grande place dans la composition, et que Jeanne, reléguée dans un coin comme un personnage accessoire, ressemble trop à un jeune garçon de quinze à seize ans. Le scribe, qui prend des notes derrière le fauteuil du prélat, est d'une grande beauté; on est seulement dans l'indécision à l'égard du sentiment qu'il éprouve. Est-il ami ou ennemi de Jeanne?

Nous aurions besoin de le savoir, ou du moins de le deviner.

N°. 1111. Eudore et Cymodocée, par mademoiselle Legrand de Saint-Aubin. Le dessin laisse quelque chose à désirer ; mais il y a beaucoup de naturel et de sentiment dans la pose d'Eudore. Ton de couleur mystérieux, dont je ne puis apprécier au juste l'exactitude, mais qui me semble à la fois vrai et romantique, deux qualités étonnées de se trouver ensemble. Tableau dont la place est marquée d'avance dans le boudoir d'une femme sensible.

François Ier. faisant chevalier son petit-fils François II, par Revoil. Tableau qui rappelle l'anneau de Charles-Quint, par le même auteur, mais qui le rappelle sans l'égaler. La couleur de M. Revoil tire toujours sur le gris, et son pinceau, suave et caressant, est loin d'avoir acquis plus de fermeté. Je regrette de n'avoir cette année rien de mieux à dire d'un artiste qui s'était annoncé par des ouvrages d'un mérite réel, et qui avait une ou deux fois su s'élever au style de l'histoire dans de simples tableaux de chevalet.

Daphnis et Chloé (N°. 1285), par mademoiselle Pagès. Joli groupe, peint avec grâce, et éclairé par des lumières accidentelles dont l'effet a beaucoup de charme.

N°. 1165. *Saint François d'Assises*, par Lordon. Ce n'est décidément pas ainsi qu'on doit peindre l'histoire. Tant que M. Lordon s'attachera à polir minutieusement ses touches, il ne produira rien que de froid ; il emploirait bien mieux son temps à soigner son dessin, qui souvent a de grands défauts. Je n'en veux pour exemple que cet esclave qui conduit saint François. Quelle jambe lourde et épaisse ! et cette figure de soudan ! nulle noblesse, nulle expression. Dans le fond, cependant, je vois une jolie tête de femme, et sur le premier plan, à gauche, un Turc à genoux qui n'est pas d'un mauvais style. Cela seul suffit pour prouver que, s'il le voulait, M. Lordon serait un bon peintre : pourquoi donc ne le veut-il pas ?

Saint Jean l'évangéliste, par M. Trézel (N°. 1629). Ne prendriez-vous pas ce saint pour une femme ? Pourquoi M. Trézel qui, dans son tableau du *Purgatoire*, a su donner de l'éclat et de la transparence à son coloris, a-t-il peint avec des couleurs si sales le disciple bien-aimé du Christ ? Les ombres doivent-elles jamais être noires ? Des nuages ont-ils jamais cette pesanteur ? Et cette Circé violette que nous voyons sous le n°. 1630, quelle a pu être l'idée du peintre en lui raccourcissant le bras droit et en lui cassant le poignet ?

Sainte Marguerite, reine d'Écosse, lavant les pieds aux pauvres, par M. Gassies (N°. 710). Les grandes compositions conviennent-elles bien au talent de M. Gassies ? (Voir ce que j'ai dit plus haut de sa *Transfiguration.*) Nous trouvons ici quelques parties bien dessinées, et des nus qui ne sont pas mal peints; mais ni les attitudes, ni les expressions ne sont vraies. Ces pauvres ne paraissent point assez confus de l'honneur qu'ils reçoivent, et il est permis de croire qu'au neuvième siècle les mendians d'Écosse ne portaient point de bas. Nous ne devinons pas ce que veut cet individu qui allonge le bras (derrière l'homme dont on lave les pieds); il a l'air de dire à une des femmes de la reine : Prenez donc garde, vous allez casser ce pot. Cette auguste princesse elle-même a les mains un peu grosses et un peu sales. Si c'est de la vérité historique, ce que j'ignore, l'auteur pouvait la modifier un peu. Dans l'ensemble, néanmoins, ce tableau n'est pas d'un mauvais effet. *La clémence de Louis XII*, par le même auteur, offre des défauts d'un genre tout contraire. Une manière froide et léchée, un ton fade et des reflets blancs qui sentent la recherche : les attitudes pèchent encore ici par l'indécision des motifs. Il ne faudrait pas avoir l'esprit fort mal fait pour voir dans ce personnage prosterné, qui regarde les pieds de Louis XII, un homme prêt à lui prendre mesure. Mais si M. Gassies n'a point encore exposé un grand tableau digne de réunir les suffrages des connaisseurs, il a, dans ce qu'on nomme le *genre*, un talent tout-à-fait remarquable. Ses intérieurs d'église (N°. 713 et 714), ses rades, ses effets de brouillards, m'ont paru joindre une grande vérité d'imitation à une très-piquante originalité, et je ne doute pas de l'empressement des amateurs à se procurer ces charmans ouvrages.

Aristomène, par M. Monvoisin (N°. 1244). — Ce célèbre guerrier avait le cœur tout velu; on pense bien que cette particularité assez curieuse n'est pas en évidence dans le tableau; mais un cœur velu voulait peut-être dire un cœur mâle, un cœur héroïque. Dans ce cas encore l'auteur n'aurait pas dignement représenté le caractère de son Aristomène. Cette figure a peu de noblesse. Le raccourci du bras gauche n'est pas assez senti; la composition laisse à désirer enfin; mais aussi quel sujet pour la peinture!

Le serment des Suisses (N°. 1582), par M. Steube. L'âpreté du site choisi par le peintre justifie assez bien, suivant moi, celle de ces vers:

« Je pars, j'erre en ces rocs dont partout se hérisse
» Cette chaîne de monts qui couronne la Suisse. »

Chacune de ces figures me paraît avoir, au suprême degré, le caractère énergique et demi-sauvage que notre imagination prête communément aux compagnons de Guillaume Tel. Ces braves gens, dont la mine tant soit peu rébarbative ne me rassurerait pas si j'avais l'honneur de les rencontrer le soir au fond d'un bois, n'ont-ils pas bien l'air de prononcer ensemble ces fameuses paroles :

« Qui veut vaincre ou périr est vaincu trop souvent ;
» Jurons d'être vainqueurs, nous tiendrons le serment. »

Du reste, si le caractère de ces figures est d'un genre de beauté tout-à-fait remarquable, on pourrait souhaiter dans la touche une fermeté plus analogue à l'austérité du sujet. Le site est admirablement choisi ; mais pourquoi cette cendre verte répandue avec tant de profusion sur la toile? Le ciel, la lune, les eaux, les montagnes, et jusqu'à deux des personnages, tout dans ce tableau est d'un gris verdâtre. M. Steube ne s'est-il pas trop laissé aller aux fausses illusions du romantisme ?

Encore un mot de M. Lordon que je retrouve ici, sous le nº. 1166. Le duc de Montpensier s'échappant du fort Saint-Jean à Marseille en 1795.

En 1795, remarquez l'époque, et jetez ensuite un coup d'œil sur l'habillement du jeune prince : petite redingote, pantalon large, bottes en dessous. Tous les tailleurs de Paris déclarent que M. Lordon est atteint et convaincu d'anachronisme.

Nº. 1551. Une jeune fille au lit de sa mère malade. Par M. Henry Scheffer. Si la couleur de ce petit tableau n'était pas un peu crue, nous n'aurions que des complimens à faire à l'auteur. C'est une composition pleine de sentiment. La candeur et la pié.

filiale qui se peignent dans tous les traits de la jeune fille inspirent le plus touchant intérêt.

Tout le monde a voulu voir et se félicite d'avoir vu au Diorama *l'intérieur de la chapelle d'Holy-rood, en Écosse*, par M. Daguerre. Ce peintre veut apparemment nous prouver qu'en se réduisant à de moins grandes proportions, et en renonçant aux moyens accessoires d'où le Diorama tire en partie ses effets d'optique, il est encore un peintre d'intérieur très-capable de produire d'admirables illusions. Je lui dois la justice de dire, en voyant son tableau de la même chapelle (N°. 400), qu'il y a parfaitement réussi, et qu'il est merveilleux de produire un effet de nuit si attachant dans un lieu public où la foule a, de tous côtés, tant de sujets de distraction.

N°. 342. *Vue d'Almafi, golfe de Salerne*, par M. Coignet. Joli petit tableau dans lequel une teinte grise et bleuâtre domine trop sans doute; mais qui, ainsi que les autres vues du même auteur, est touché avec beaucoup d'esprit.

Intérieur de Saint-Étienne du Mont (N°. 1415), par M. Renoux. Quelques amateurs l'attribuent à M. Bouton. Cette erreur ne déplaira pas, j'imagine, au véritable auteur du tableau.

Mademoiselle Godefroid, suivant sa coutume, a fait cette année de fort beaux portraits, parmi lesquels on ne peut se dispenser de remarquer la figure de ce célèbre improvisateur Sgricci qui vous compose et vous débite toute une tragédie en moins de temps qu'Odry et Potier n'improvisent un calembour. On se demande pourquoi un homme qui paraît s'être consacré au culte de Melpomène est vêtu ici comme un Figaro : c'est, je crois, une faute contre le costume; mais elle est bien rachetée par le talent avec lequel mademoiselle Godefroid a peint les beaux plis de ce manteau espagnol, et M. Azaïs y trouverait sans doute une juste compensation.

La reddition du fort d'Aboukir, et un bon nombre de petits tableaux, par M. Bellangé. Du mouvement, une touche facile et spirituelle, distinguent les ouvrages de ce peintre, mais seulement lorsqu'il n'y met aucune prétention. Il me semble moins original dans les grandes compositions où il veut apporter plus de soins.

N°. 790. *Saint Vincent de Paul convertissant son maître*, par M. Gosse. Nous avons vu plus haut que M. Meynier avait trop scrupuleusement cherché et trouvé la ressemblance dans sa figure de Vincent de Paul. Tombant dans un défaut contraire, M. Gosse a fait de son saint missionnaire un jeune homme d'une figure charmante. Cette licence blesse tous les hommes qui ont lu l'histoire, peu ancienne encore, du bienfaiteur des enfans trouvés; et le tableau, quoiqu'assez bien peint, n'inspire qu'un médiocre intérêt. Le sujet d'ailleurs prêtait peu : quels moyens la peinture a-t-elle de nous représenter le moment d'une conversion? Nous voyons ici un homme qui implore à genoux le pardon de quelque faute grave; nous ne voyons pas saint Vincent de Paul faisant tout à coup descendre la grâce dans l'esprit d'un mahométan.

Enfin voilà M. Granet qui sort une fois de ses souterrains et de ses sombres capucinières. *Vue de la villa Aldobrandini, prise du salon du Casin à Frascati.* La lumière qui éclaire les fonds nous paraît d'autant plus brillante, que les ombres du péristyle sur le devant forment une sorte de repoussoir : c'est encore un effet d'optique. La figure du Dominicain est éclairée sur les contours d'une manière très-pittoresque. Quoique touchée trop librement, elle est d'un relief qui fait illusion ; il y a enfin dans tout ce tableau une grande magie de couleur. Mais ce prestige n'agit que de loin, comme dans la peinture de décoration, et le charme est bientôt détruit si l'on s'avise d'examiner les détails de la composition. Outre que le feuillé des massifs d'arbres est d'une extrême pesanteur, on est tout surpris des tons crus qui règnent sur le troisième plan.

Un autre tableau de M. Granet représente *le chœur du couvent de Sainte-Claire*, à Rome (nº. 800). C'est encore le même système de lumière et de composition que nous avons si souvent remarqué dans ses intérieurs d'église, avec cette différence que dans ce dernier ouvrage toutes les figures semblent graduellement appliquées sur la toile, comme des silhouettes sur du papier de couleur. Ces trompe-l'œil d'une nouvelle espèce deviennent aujourd'hui si communs qu'ils tomberont bientôt dans un discrédit aussi injuste que leur vogue a été ridicule. Par bonheur l'auteur de Stella a d'autres ressources sur sa palette. L'obligation où il se trouvera de peindre franchement au grand jour ne sera peut-être pour lui qu'un nouveau moyen d'accroître à la fois et son talent et sa réputation.

N°. 598 *Camille chassant les Gaulois de Rome*, par M. Dupré. On ne contestera pas à ce tableau le mérite d'une belle dimension. La toile a dû coûter cher, et, sous ce rapport, c'est un objet de prix. A l'égard du sujet, je ne saurais vous dire quel est le moment de l'action. Camille, dont la pose pourrait être plus naturelle, aurait aussi besoin d'être dessiné avec plus de noblesse et de correction, et j'observe que sous un ciel aussi lourd les Gaulois comme les Romains doivent respirer difficilement. Dans quelques parties, cependant, on reconnaît une main exercée.

N°. 736. *Scènes de l'armée d'observation sur les Pyrénées*, par M. Genod. Le véritable artiste est capable de soins, le peintre qui donne dans le léché est toujours minutieux et froid. Conseillons à

M. Genod de mettre à profit cette règle générale. Il lui appartient de n'être pas confondu avec les peintres dont tout le soin s'applique à imiter le poli de la porcelaine. Son mariage de deux Bressans, avait été avantageusement distingué au salon de 1822. On ne retrouve pas ce talent au même degré dans ses compositions de 1824.

N°. 761. Géricault (feu). *Un enfant donnant à manger à son cheval.* Ce peintre, dont la mort prématurée a causé une douleur si vive et si juste aux amis des arts, paraît n'avoir légué à sa famille que ce petit tableau et une forge de village (n°. 760). Ce ne sont point des productions capitales telles qu'on avait droit d'en attendre de l'homme qui avait peint avec tant de hardiesse et de sentiment une scène du naufrage de *la Méduse*; mais, ainsi que l'a dit un poëte,

« Même quand l'oiseau marche on sent qu'il y a ds ailes »

A la liberté et à la fermeté de la touche on reconnaît aisément, dans ces deux tableaux de genre, la marque d'un talent assez fort pour s'élever à toute la hauteur de l'histoire. On ne peut se dispenser de remarquer, surtout, que l'auteur l'aurait peut-être emporté sur M. Horace Vernet pour la manière de peindre les chevaux.

S'il faut juger de M. Vigneron par ses tableaux, il n'est rien moins que facétieux. On se souvient de son *Convoi du pauvre*, et de sa *Scène de duel*, où un fils de famille allait être évidemment tué par des coupe-jarrets ; aujourd'hui c'est d'une exécution militaire qu'il a voulu nous rendre témoins. Quel singulier plaisir trouve-t-il à ne peindre ainsi que des scènes affligeantes , et comment son médecin ne lui recommande-t-il pas plutôt le *mens hilaris* de l'école? Ce que je vois de pis encore dans tout ce qu'il fait, c'est qu'il s'empare de votre esprit, c'est qu'il vous inspire malgré vous de sombres pensées, c'est qu'enfin il faut, bon gré, malgré, que vous le suiviez dans toute la profondeur de ses idées mélancoliques. Est-il rien de plus touchant que ce geste du malheureux soldat, dont la vie va cesser à l'instant, et, qui, pour épargner le même sort à son chien fidèle, repousse les dernières caresses de ce pauvre animal! Je le dis à regret, il y a plus que du talent, il y a du génie dans cette conception simple et attachante ; mais je me hâte d'ajouter : Elle n'en est que plus dangereuse : *populatur artus tristitia.*

N°. 375. *Léonidas.* S'il faut juger du mérite des ouvrages par une sorte de comparaison avec la réputation de leurs auteurs, ce Léonidas de M. Couder n'a que peu de droits à l'indulgence. Ces figures droites et académiques sont d'un dessin correct sans doute ; on y trouve le goût de la sculpture grecque ; mais outre que les carnations sont vineuses et manquent de vérité, il n'y a dans toute la scène ni mouvement ni expression. Cette froide composition caractérise l'abus de l'antique, comme le massacre des Grecs, par M. Delacroix, signale l'excès contraire, et il serait possible que ces deux tableaux eussent été mis dans le Musée l'un auprès de l'autre, pour rendre plus sensible cette vérité : *Ne quid nimis.*

M. *Demarne* (depuis le N°. 476 jusqu'au N°. 484). Un jeune fat disait un jour à ce vieillard : *Monsieur est peintre d'animaux?* — *Oui, monsieur,* répondit Demarne, *tout prêt à faire votre portrait.* Quoi qu'il en soit de cette anecdote, dont je ne garantis pas l'authenticité, on retrouve dans tous les ouvrages de cet artiste le même ton de couleur, les mêmes hommes, les mêmes moyens de perspective. C'est une question de savoir comment on peut varier à ce point la distribution des détails, dans un champ banal de composition si étroit et si monotone. Il en est de ces routes pavées et de ces fêtes villageoises comme d'un damier où l'on place, déplace et replace mille fois les pions, sans que ces reviremens perpétuels présentent à l'œil une différence facile à saisir. Tous ces petits tableaux néanmoins ont séparément beaucoup de prix, parce qu'ils sont généralement gais et naïfs. Il est même inconcevable que les soixante-cinq ans de l'auteur ne s'y fassent nullement sentir.

Jésus marchant sur la mer, par M. Dubufe (N°. 547). Pourquoi les cheveux de la figure principale sont-ils arrangés avec tant de prétention? Il n'appartenait pas à l'artiste de nous faire sentir cette vertu surnaturelle qui soutient le Christ sur les eaux, mais il dépendait de lui peut-être de le dessiner plus légèrement. Du reste, les groupes d'apôtres sont bien peints, et cette composition de M. Dubufe est fort supérieure à celle qu'il a exposée sous le N°. 545.

N°. 1352. *La délivrance de saint Pierre*, par M. Picot. Sujet ébauché par le jeune Léon Pallière, dont nous avons à regretter la perte. Ordonnance simple, touche délicate, couleur harmonieuse. La tête du saint serait plus belle si elle n'était pas trop forte pour le corps. L'ange lui-même me paraît d'une proportion courte, qui nuit à la grâce de ses formes. Le tout ensemble néanmoins est bien entendu et a fait généralement plaisir...

« Avez-vous bientôt fini cette lecture? » me dit avec impatience M. Dubourg, que le besoin de disputer tourmentait depuis un quart d'heure. « Eh! que m'importe à moi que ces artistes, dont je ne vois pas d'ici les tableaux, plaisent ou déplaisent à l'auteur de ces notes? Parlons de ce que nous avons sous les yeux, et jugeons un peu par nous-mêmes. — Encore trois feuillets, lui dis-je. — Pas une ligne, » s'écria-t-il en se levant avec force, et en jetant malicieusement à terre tous les papiers que je tenais à la main. En vain j'essayai de ressaisir ces pauvres articles : *les Ruines* de M. Dupressoir, *la Diligence* de M. Lavauden, *l'Olympe* de M. Latil (de la rue des Marmousets), les portraits et *l'Abandon* de M. Béranger, et la *Pucelle* de M. Vinchon, restèrent malgré moi sur le plancher ; je n'eus pas même la satisfaction de sauver *le Camoëns* de M. Serrur. « Eh ! morbleu, dit M. Dubourg, nous avons d'autres choses à voir : voici, par exemple, M. Bonnefond (N°. 199), qui nous représente *la Chambre à louer*. Seriez-vous, par malheur, content de cette couleur et de ces minutieux détails qui attestent plus la patience que le génie de l'auteur? — Ces ombres sont lourdes, je le sais, les accessoires sont trop finis, et c'est le cas de dire avec l'auteur de l'Art poétique :

> Sur de trop vains objets c'est arrêter la vue.

Mais aussi regardez cette bonne femme qui supplie : sa juste douleur ne manque pas d'expression. L'emportement, la dure avarice du propriétaire, sont très-bien rendus ; cet homme, ci-devant laquais, a bién toute la bassesse d'un fripon enrichi. A quelques défauts près, en un mot, ce sujet de drame me semble bien traité ; et, attendu que depuis quelque temps de pareilles scènes se renouvellent chaque jour, la représentation n'en peut être regardée que comme une leçon utile... — Oui, comme si l'on corrigeait les égoïstes ! Ah ! quand viendra le temps où le vœu de ce bon roi que je vois à cheval... — De quel côté? — Là, devant vous : le *portrait équestre d'Henri IV*, par M. Mauzaisse. Quel dommage que toute cette peinture soit grise et blafarde! — La touche m'en paraît, à moi, libre et ferme.— Le ciel, le cavalier, le cheval, tout est du même ton. — Mais ce ton est partout harmonieux : le cavalier et le cheval sont d'un grand relief; ils ressortent admirablement du tableau... — Allons, pendant que vous êtes en train d'admirer, faites-moi un pompeux éloge de ce *martyre de saint Étienne*, par le même peintre; louez-en, si vous l'osez, la belle ordonnance. — Non, en vérité. — Le style élevé, le grandiose, la riche couleur. — Pas davantage. — Prouvez-moi, par de bons raisonnemens, que les jambes de cet homme roux sont bien dessinées, et que sa pose est d'un bon effet. — Eh! non, vous dis-je, mille fois non. Le saint mérite plus d'indulgence; mais tout le reste du tableau est peu digne de la réputation de l'auteur; et quand il m'arrive de parler ainsi, on peut croire que je parle en conscience, car j'aime beaucoup le talent de M. Mauzaisse. — A vous permis. Mais j'aperçois dans ce coin, à droite, un grand cliquetis de rouge et de bleu... — C'est la *bataille de Chiclana*, par le baron Lejeune. Nous retrouvons, dans cette grande composition, l'imagination vive et féconde, et, si je puis m'exprimer ainsi, cet instinct de peinture qui, depuis long-temps, ont valu à l'auteur une place distinguée parmi les artistes. Vous n'aurez pas de peine, mon cher M. Dubourg, à reconnaître les défauts qui déparent le talent de ce peintre : il cherche avant tout l'éclat de la couleur et le fracas de la composition, et il sacrifie un peu trop la simple vérité au désir d'attirer sur sa toile les regards de la multitude. — Je vois en outre que ses figures... — Ne sont pas toutes dessinées avec correction; cela est vrai. J'ajoute qu'on leur reproche avec raison de se ressembler entre elles, et de n'avoir que rarement l'expression la plus convenable; j'avoue même que la touche de M. Lejeune pourrait avoir plus de fermeté et de précision; mais il rachète ces nombreuses imperfections par une ordonnance toujours pittoresque, par un ton franc et lumineux, par de beaux mouvemens de paysage et une grande vivacité d'action. Il y a du feu, de la variété, de l'intérêt dans ses épisodes, et ils sont si multipliés que le moindre de ses tableaux peut occuper pendant une heure la plus ardente curiosité. Cette grande bataille enfin...»

« En voici une plus grande encore. — *Le grand Condé à la bataille de Sénef*, par M. Schnetz. — Pourquoi prendre un pareil sujet? Ce fut une longue boucherie qui mit en deuil plus de dix mille familles, et dont le résultat fut si peu décisif que des deux côtés on chanta victoire. Je n'aime point à me rappeler ce mot terrible : *Bon, bon, ce n'est qu'une nuit de Paris.* Il y a dans l'histoire du grand Condé tant de faits si beaux et si glorieux !... — A la bonne heure, mais la chose est faite, c'est le tableau qu'il faut juger. — Le seul moyen de nous rendre ce sujet intéressant était de nous représenter le héros engagé au milieu des ennemis, renversé de cheval (ce qui est historique), et, malgré ce dangereux accident, excitant encore par son geste et le feu de ses regards le courage de ses soldats accablés de fatigue. Le peintre, au contraire, sans se donner la peine d'indiquer la circonstance qu'il représente, nous montre le prince à cheval au milieu de ses officiers, et paraissant modérer l'ardeur des troupes. N'est-ce pas rappeler assez maladroitement à notre mémoire que les troupes, dans cette affaire, n'eurent aucun besoin d'être modérées, et qu'il y eut même un moment où le grand Condé *fut le seul qui eût envie de se battre* (1). — Voyons, voyons l'exécution. — Elle n'est rien moins que merveilleuse : peu de vigueur dans le pinceau, des chevaux médiocrement dessinés, plus

(1) *Historique.* M. Dubourg aurait pu observer en outre que le grand Condé est représenté jeune dans ce tableau, et que pourtant à l'époque où il livra au prince d'Orange la bataille de Sénef, c'est-à-dire en 1674, il n'avait pas moins de cinquante-trois ans. Il faut même se rappeler qu'alors le prince avait les jambes gonflées par la goutte.

de désordre encore dans les couleurs que dans la mêlée des combattans, une profusion de petites lumières qui fatiguent l'œil... — Oui, mais aussi des figures bien dessinées, de beaux détails, du mouvement... »

Comme j'allais terminer cette phrase, je me retournai vers mon interlocuteur; il n'était déjà plus près de moi; mais, après avoir donné un coup d'œil au beau *portrait du duc de Richelieu*, par M. Hersent, portrait qui me parut plein de vie, et au *Christ* de M. Marigny (N°. 1193), ouvrage dont plusieurs figures sont peintes avec sentiment, je retrouvai M. Dubourg devant un autre tableau de ce même M. *Schnetz* qu'il venait de critiquer si sévèrement. Fidèle à mon rôle d'indulgence, je m'empressai de signaler, dans cette grande page (sainte Geneviève distribuant des vivres aux assiégés de la ville de Paris) tout ce qui me paraissait capable de justifier la faveur dont on l'avait honorée, en lui accordant l'une des plus belles places du salon. Ainsi j'indiquai à M. Dubourg, comme digne d'attention et d'éloges le groupe de femmes évanouies qui forme le premier plan à la gauche du tableau, ce jeune soldat blessé, qui reçoit avec son vieux père les secours de notre sainte patronne; et je dis qu'à l'exception de la jambe gauche de ce jeune homme, dont les formes arrondies tournent trop en dedans, le tableau de M. Schnetz offrait de beaux détails et des parties bien dessinées. — Bien dessinées ! Soit, dit M. Dubourg, et c'est déjà un mérite, surtout aux yeux de ceux qui viennent de voir comme moi une vierge maltraitée ; mais l'expression et le coloris ne comptent-ils pas pour quelque chose ? Or, cette sainte Geneviève n'est-elle pas d'une froideur glaciale ? Ses yeux ne respirent certainement pas la bienfaisante sollicitude qui devait animer son cœur ; et ce ton bien décidé de pain d'épice, qui règne sur tout le tableau, comment pourrez-vous le justifier ?... L'auteur n'avait-il que cette couleur sur sa palette ?... Et quelle sécheresse dans la touche ?... Ne dirait-t-on pas une tapisserie ?... » Je vis bien, d'après les dispositions de M. Dubourg, que le moyen de servir M. Schnetz n'était pas de rompre en visière à son détracteur ; je passai donc condamnation sur beaucoup de choses, en faisant intérieurement des réserves, et nous tournâmes d'un autre côté.

De M. Schnetz à M. Scheffer aîné la transition est naturelle.

« Voilà une grande machine, dis-je en montrant du doigt le *Gaston de Foix trouvé mort après la bataille de Ravennes* (N°. 1538). — Et des figures bien colossales, ajouta en souriant l'opticien. — Ce tableau est d'une couleur sourde et bizarre ; néanmoins j'y vois d'assez belles têtes et des indices d'un vrai talent. — Des indices, des indices ! cela ne suffit pas quand on aspire aux honneurs de l'exposition. L'art de distribuer les groupes et les lumières, l'unité de ton et d'intérêt, voilà l'essentiel; votre M. Scheffer n'y a pas pensé. Tenez, ce tableau de M. Cosson (*Agamemnon et Cassandre*, n°. 355) n'annonce peut-être pas une imagination aussi originale que celle de votre Allemand, mais l'auteur est assurément dans une meilleure route, et voilà ce qu'il faut encourager. »

Cette opinion était la mienne, et je me contentai d'y répondre par un signe d'approbation.

«Oh! oh!... » s'écria tout d'un coup mon impartial observateur, à la vue du *portrait équestre de monseigneur le duc d'Angoulême* (par M. Horace Vernet)» je ne sais pas de qui est ce portrait, mais comparez-le au tableau que vous vouliez défendre et vous verrez si je suis trop sévère!... Voilà enfin de la franchise! Voyez le bras du cavalier, avec quelle vigueur il se détache du corps !... Considérez ce cheval, brillant de tout l'éclat de la vie; ne semble-t-il pas sortir de la toile et s'avancer sur nous en caracolant ?.. Comme l'air circule librement autour de ces personnages!... Comme ils respirent tous!—Beaucoup plus librement que nous, ajoutai-je sans crainte d'être accusé d'exagération, car la foule qui se pressait devant ce portrait nous incommodait cruellement. Et cette housse brillante, continua M. Dubourg, dont l'enthousiasme croissait à chaque seconde, et tous ces accessoires soignés sans minutie!... Voilà comme il faut peindre les uniformes, et non comme le font tous vos jeunes élèves, sans en excepter ce petit Horace Vernet de qui l'on a eu bien raison de dire *qu'il fait des épaulettes parce qu'il ne sait pas faire les épaules...* » Je laisse à penser à mon lecteur combien cette dernière boutade dut me divertir, moi qui ne partageais pas l'ignorance de M. Dubourg sur le nom de l'auteur, et qui n'eus qu'à présenter le livret à mon homme pour lui prouver que ses éloges infaillibles rehaussaient justement la gloire de celui qu'il avait voulu rabaisser.

Un silence assez plaisant suivit la découverte de sa méprise; mais je vis bien à la rougeur dont le dépit colora tout à coup son visage et à la rapidité avec laquelle il se grattait le front, qu'il ne se tenait pas pour battu; et en effet : « Eh bien, mon cher, me dit-il avec une assurance qui pensa me déconcerter, vous croyez donc ainsi ma vieille expérience en défaut! Non, morbleu, non, je ne radote pas, et je tiens à ce que j'ai dit, sans en rabattre une syllabe. — Comment, monsieur Dubourg, vous prétendrez encore que jamais Horace Vernet...?—... *Distinguo, distinguo*.... Votre petit Vernet a trop souvent abusé de l'indulgence publique pour nous inonder de ses *charges* : il était alors l'Horace de 1820, compromettant, et, comme on dit dans les ateliers, *gâchant* à plaisir son talent. Mais l'Horace de 1824 n'est plus le même, je le vois ; je reconnais qu'il peut aller loin, et c'est précisément en changeant de route qu'il prouve que j'avais raison. » — Je reconnus à la subtilité de M. Dubourg qu'il sortait d'une école fameuse, et je le laissai parler sans l'interrompre, prévoyant bien que sa dialectique ne l'empêcherait pas de s'enferrer lui-même. — « Non, sans doute, reprend-il avec plus de force, jamais celui qui semblait mettre toute sa gloire à couvrir ces murs d'un déluge d'esquisses barbouillées, bonnes tout au plus à décorer nos corps-de-garde ou les Musées en plein vent des boulevarts, n'aurait pu, en suivant sa méthode, faire un tableau semblable à celui-ci. Jamais l'auteur de ces caricatures lithographiées, pour lesquelles des amis imprudens usurpaient le nom de *tableaux de genre*, n'eût produit cet autre portrait (il montre celui du *maréchal Gouvion-Saint-Cyr*) ; jamais, s'il eût continué à dépenser en niaiseries le talent facile qu'il avait reçu de la nature, votre protégé ne serait parvenu à se former cette touche large et vigoureuse que j'admire dans ce second portrait, l'un des plus beaux, peut-être même le plus beau de l'exposition ; jamais il n'eût acquis la science nécessaire pour obtenir cet étonnant effet de la lueur d'une lampe combattant les premières clartés de l'aurore : d'où vient, me direz-vous, ce changement subit? Rien de plus évident, le livret vous l'indique ; c'est que M. Horace Vernet, cette année, a suivi les conseils de l'expérience : *Festina lentè*. C'est qu'il a voulu faire peu et faire bien ; au lieu de cinquante tableaux, il n'en a composé que trois ou quatre ; or, voyez l'effet de cette sagesse : ses progrès ont été si rapides qu'ils ont un instant trompé jusqu'à la lorgnette achromatique d'un vieux connaisseur.»

Que de gens à ma place se seraient fait un malin plaisir de mettre à profit la nouvelle méprise de M. Dubourg, plus lourde encore que la première! Je fus généreux cependant, et je l'avertis sans tarder davantage de l'erreur où l'avait jeté le livret. Je lui dis que, loin d'avoir rien perdu cette année de sa fécondité ordinaire, le petit Vernet s'était encore surpassé sous ce rapport; que le N°. 1715 seul comprenait trente ou quarante tableaux de tous les genres et de toutes les dimensions, parmi lesquels deux surtout (*la bataille d'Hanau* et celle de *Montmirail*) mériteraient non-seulement de longs éloges, mais encore de longues explications. Pour seul prix de mon indulgence, j'exigeai de M. Dubourg qu'il voulût bien m'accompagner dans la revue complète que je comptais faire des ouvrages de notre jeune peintre; mais le traité était plus facile à conclure qu'à exécuter. A peine le reste de la matinée nous permit-il de voir la moitié de ces productions si extraordinairement variées. Je me borne à dire que, toujours hors de mesure, Dubourg sentit croître son enthousiasme à la vue de chaque tableau, et que long-temps avant la fin de notre tournée nous avions, lui et moi, changé de rôles. En effet, j'étais devenu détracteur à ses yeux, parce que je me permettais de signaler de temps en temps quelques taches assez légères, comme on en doit indispensablement rencontrer dans un si grand nombre de tableaux. Il y avait une *rigueur* et même une *injustice extrême* de ma part à trouver un peu de mollesse dans la touche du *portrait de madame de Castellane*. C'était une minutie ridicule que de critiquer dans la *bataille d'Hanau* le cheval d'un lancier polonais placé au premier plan (lequel lancier me paraissait avoir plutôt choisi sa monture dans les écuries d'un roulier que dans les haras d'un régiment de cavalerie légère). A chaque observation, ce refrain venait me fermer la bouche!... « Ah! vous avez beau dire... il occupera cette année, dans l'esprit des vrais amateurs, une place beaucoup plus élevée que tel ou tel académicien plus avancé que lui dans le chemin des honneurs... » Je prie mes lecteurs de n'imputer qu'à M. Dubourg une remarque aussi peu révérencieuse pour un corps essentiellement respectable; quant à moi, la seule concession que j'aie pu obtenir de son esprit opiniâtre, c'est que, si M. Horace Vernet a trouvé dans *l'instinct* de son art des ressources assez puissantes pour lui tenir lieu de science et d'études, il faut, tout en lui payant le tribut d'éloges qu'il mérite, prémunir ses jeunes admirateurs contre le danger de prétendre à un si rare privilége. « Il est » certains talens d'autant plus admirables que ne » devant rien qu'à eux-mêmes ils restent uniques » dans leur genre; or, ce serait courir à sa perte que » de vouloir les imiter (1). »

(1) Le lecteur ne nous saura sans doute pas mauvais gré de suppléer, par quelques explications, au laconisme du livret.

Le tableau (N°. 1715) placé dans le salon carré au-dessous du grand tableau de M. Abel de Pujol, représente une partie de la *bataille d'Hanau*, livrée en 1814 aux armées autrichienne et bavaroise par l'armée française. Le moment choisi par le peintre est celui où le général de Wrède, deux jours après sa défection, fit charger nos lignes avancées par ses chevau-légers et deux régimens de cuirassiers autrichiens. Ils ont pénétré jusqu'à nos batteries, que défendent vaillamment quelques canonniers. Le général Drouot, sous le sabre d'un cavalier bavarois, semble n'opposer au danger que la noblesse de sa contenance. Deux canonniers le voient en péril, et s'arment pour le défendre des débris de leur batterie; un autre s'attache avec force au poitrail du cheval qui l'a renversé, et semble combattre encore. A droite, un aide de camp amène des tirailleurs qui débusquent d'un bois pour voler au secours de leurs compagnons d'armes, et sur la gauche de ce groupe plusieurs officiers de différentes armes, attachés à l'état major du général Nansouty, se sont élancés le sabre en main à la défense de l'artillerie; parmi eux on distingue le fils du maréchal Moncey, alors chef d'esca-

Comme il prononçait ces paroles avec ce ton capable et dogmatique dont j'ai déjà relevé le ridicule, un personnage bleu, à galons d'argent, nous avertit obligeamment qu'il était temps d'aller dîner. Nous prîmes, M. Dubourg et moi, le parti de la retraite, mais avec l'intention de ne pas nous presser et de jeter çà et là, avant de sortir, un rapide coup d'œil sur les tableaux que nous n'avions point encore examinés.

M. Dubourg n'arrêta qu'un instant sa lunette sur le François Ier de M. Lethiers, et, se tournant vers moi, il me dit : *N'oublions pas, néanmoins, que ce peintre a fait le tableau de Brutus.* Il trouva une fraîcheur de ton et une grâce exquises dans le paysage de M. Turpin de Crissé (N°. 1630); il

---

dron au sixième de hussards, qui presse vivement un officier bavarois déjà atteint de plusieurs coups. Près de là s'est élancé, plein du même courage, le fils du maréchal Oudinot (alors capitaine dans les chasseurs de l'ex-garde); et, sur le premier plan, le général Excelmans, tout couvert de poussière, semble apporter une nouvelle au général Nansouty. Près d'eux le général Flahaut, penché sur son cheval, donne des ordres à un officier, pendant que les dragons de l'ex-garde, précédés des chasseurs, s'ébranlent pour charger la cavalerie ennemie.

On ne sait ce qui mérite le plus d'éloges dans ce tableau des figures ou du paysage; et si M. Horace Vernet n'avait pas déjà acquis dans ce genre une juste célébrité, ce seul ouvrage suffirait pour la lui assurer.

On en peut dire autant de la *bataille de Montmirail* (même

prétendit, mais à tort suivant moi, que cette année M. Watelet avait été moins heureusement inspiré qu'en 1822. « Quant à ce bon M. Laurent, dit-il, je voudrais bien savoir où il prend ce rose délicieux dont il enlumine toutes ses figures :

« De reflets, de faux jours, composant son éclat,
» Il veut que la peinture ait aussi son Dorat. »

Je demandai à M. Dubourg ce qu'il pensait du *Achille de Harlay*, par M. Thomas : « Je pense, me dit-il, que ce tableau annonce une main habile, mais qu'il a été peint trop rapidement. Il y a trop de blanc et de rouge dans les carnations, ou plutôt

---

N°. 1715; salle carrée, à droite de la porte qui conduit à la longue galerie). La couleur du ciel indique assez que l'action se passe avant le lever du soleil. Ici l'explication sera plus courte, parce que les portraits seront plus rares; on n'y remarque que celui de M. le baron Athalin, alors colonel du génie, et maintenant aide de camp de S. A. S. monseigneur le duc d'Orléans. Placé derrière les colonnes des grenadiers, il semble leur donner les instructions du général Nansouty qui arrive dans le fond au galop, suivi de son état major. Nous prierons nos lecteurs de remarquer la facilité avec laquelle M. Vernet nous a présenté de face un cheval au galop, celui de M. le baron Athalin : c'est un véritable tour de force aux yeux des artistes.

Il est encore bien des tableaux de M. H. Vernet qui mériteraient une mention particulière; mais la difficulté de les désigner à cause de la multiplicité des salles et de la communauté de numéro, nous force d'y renoncer. La plupart, d'ailleurs, portent si profondément empreint le cachet de la vérité, qu'ils s'expliquent suffisamment eux-mêmes.

ils y sont mal fondus. La lumière est trop éparpillée. Si M. Thomas, peintre fécond et spirituel, s'était moins pressé de traiter un sujet de ce genre, il aurait mieux disposé ses groupes, mieux modelé la tête du président de Harlay, et son ton de couleur serait plus harmonieux. »

Quand nous en fûmes aux portraits peints par M. Gérard, M. Dubourg en fit avec affectation un éloge froid et poli, et il ajouta qu'en toute chose l'analogie devait être observée.

« Est-ce avec cette touche lisse et luisante, dit-il ensuite, qu'on devrait représenter de vieux chevaliers à longue barbe, que les malheurs de la guerre ont plongés dans l'affliction? — A quel sujet cette critique? — Ne voyez-vous pas ce *La Trémouille* de M. Richard (N°. 1430)?—Votre réflexion est assez juste; mais si la manière du peintre est froide et petite, il y a du talent dans la disposition du sujet, un fini précieux dans les détails et de l'éclat dans le coloris. — Tenez, mon cher, il faut suivre sa vocation, et, quand on est né pour la miniature, ne pas chercher à peindre l'histoire. Bernis et le marquis de Pezai auraient fait de pauvres tragédies. »

« Le tableau de M. Menjaud (la *Mort de monseigneur le duc de Berry*) est supérieurement composé; l'attitude et le regard de Monsieur me déchirent l'âme. Quel dommage qu'il y ait tant de fautes et de mollesse dans le dessin!... »

« Toujours de l'esprit et une piquante précision, » dit M. Dubourg, en voyant les scènes militaires de M. Hippolyte Lecomte.

« Ce *portrait du duc de Richelieu*, par un Anglais (Lawrence) a le mérite de la ressemblance. La tête est bien modelée; mais quelle négligence dans le buste! où est l'écolier de dix ans qui ne peindrait pas mieux des bras et des épaules? »

« Tenez, dis-je à M. Dubourg en l'entraînant vers l'embrasure d'une croisée, la jolie peinture sur émail! — Je le crois bien, parbleu; c'est de Counis (N°s. 377 et 378). — Voilà des miniatures d'Augustin. — Je le reconnais à ce beau fini. — Quel est l'auteur de ces charmantes vignettes, de ces délicieuses aquarelles? — Peut-on méconnaître Isabey? — Après cette admirable copie de la *Femme hydropique*, par feu Georget, mon ami (N°. 43), je ne connais rien de mieux dans ce genre que les peintures sur porcelaine de mesdames Jacquotot et Renaudin. — Ah! parlez aussi des beaux portraits de M. Legros, de M. Saint, de M. Bouchardy; voyez ceux que M. Bordes a faits de Talma et de Lafon, leur moindre mérite est de ressembler. Rien approche-t-il de la perfection comme ces miniatures de feu Singry? — J'en conviens avec vous, mon cher, mais ce ne sont que des miniatures: *Parvum, parva decent*. Quelle influence ce genre de peinture peut-il avoir sur les progrès de l'art? »

J'allais prouver très-catégoriquement à notre homme que, même dans un petit genre, on pouvait montrer un très-grand talent, et je cherchais même à me rappeler ce vers,

« Un sonnet sans défaut vaut seul un long poëme, »

quand une invitation polie du gardien nous força de hâter notre marche. Nous ne fîmes plus alors que regarder en passant une foule de tableaux, parmi lesquels nous eûmes à peine le temps de distinguer un mauvais portrait peint par M. Sigalon (le même peintre à qui l'on doit un beau tableau de *Narcisse et Locuste*), et les productions très-variées de MM. Roëhn père et fils. *Le Fou par amour* du premier a de l'expression. Son *Intérieur de Forge* rappelle, à quelques mollesses près, les maîtres de l'école hollandaise; mais aucun de ses nombreux ouvrages, suivant moi, ne vaut sa *chute du Rhin*, qu'il ne faut pas confondre, comme un Anglais de ma connaissance, avec une *chute de reins* exposée dans une autre salle. M. Rhoën fils s'annonce très-avantageusement par son tableau de *l'Enfant prodigue*. Le torse du jeune homme est trop long, et la figure a de la maigreur; mais, lorsqu'il revint chez son père, l'Enfant prodigue devait avoir peu d'embonpoint : le défaut est donc excusable. Cette grande page d'ailleurs offre des beautés de dessin et de couleur qui attestent du soin et de l'étude. Le même peintre (M. Roëhn fils) a, dans l'embrasure d'une croisée, *un Feu de la Saint-Jean*, qui est un tableau de genre agréable.

Je vis le moment où M. Dubourg allait se faire une affaire avec deux inconnus, pour s'être égayé sur le compte de la reine Brunéhaut, qui est misérablement massacrée dans le paysage N°. 1263. Son imprudence n'eut heureusement pas de suite. Il dit en passant devant un postillon de Carle Vernet (N° 1717) : *Bravo, Carle, ceci est de ton bon temps.* Il compara les deux tableaux de M. Ducis (*Bianca Capello*) aux poésies de feu Millevoie qui ont de la grâce et de la faiblesse. Il regretta de ne pouvoir examiner en détail les jolies vignettes de M. Chasselat, dont le dessin est fin et spirituel ; les charmans tableaux que madame Haudebourt-Lescot semble avoir faits en Italie, mais où elle varie trop peu sa manière, et les paysages de deux hommes qu'on met à peu près sur la même ligne, MM. Regnier et Rémond, dont presque tous les ouvrages ont été injustement relégués cette année dans les salons de l'industrie Enfin nous vîmes l'un et l'autre avec un égal plaisir les paysages de Bertin ; une *Druidesse*, de madame Mutel ; de beaux dessins de MM. Monanteuil et Arsenne ; *la Mort d'un Brigand*, par M. Robert ; les petits sujets innocens de M. Duval-Lecamus, et nous descendîmes l'escalier qui conduit au Musée des sculptures.

La première chose que fit M. Dubourg en entrant dans cette salle fut d'exhaler sa mauvaise humeur contre MM. Dupaty et Cartelier qui n'ont rien envoyé cette année à l'exposition. Le dépit lui fit dire à ce sujet des choses dont l'auteur d'Ajax et d'Oreste aurait été, je crois, plus flatté que mécontent(1). Il voulait traverser la salle sans s'arrêter, mais je le contraignis, pour ainsi dire, de considérer un instant le joli *Mercure et l'Argus* de M. Debay père, et de convenir avec moi que si ces deux figures avaient été trouvées à dix pieds sous terre, la fortune de l'auteur serait assurée. Je contemplai avec intérêt le *portrait en pied de monseigneur le duc d'Angoulême*, et la *statue de saint Pierre prêchant*, par M. Bra ; le groupe de *Daphnis et Chloé* et la *sainte Catherine* de M. Cortot.

Le beau mouvement du *général Bonchamp* (statue en marbre exécutée par M. David) me fit regretter que le travail du ciseau n'y fût pas plus soigné. Je ne trouvai que des sujets de louange dans l'*Eurydice mourante* de M. Nanteuil, figure dont les lignes sont d'une pureté et d'une délicatesse dignes des plus habiles statuaires. M. Dubourg

(1) Il n'y a encore de M. Bosio que son petit Henri IV en marbre, qui était exposé au Louvre depuis long-temps.

critiqua avec d'autant plus d'âpreté l'*Hercule colossal* de M. Raggy, qu'un de nos voisins, Suisse de nation, trouvait *C'te squiltoure fort cholie*, ce qui, en effet me paraissait être un éloge d'un singulier goût. Nous trouvâmes des formes pures mais un peu raides dans le baigneur de M. Espercieux. Nous reconnûmes, au premier coup d'œil, l'académicien Auger et feu le sénateur Berthollet, parmi les bustes de M. Guayrard, auteur d'un beau portrait du roi, et il s'établit entre M. Dubourg et moi une petite controverse au sujet de l'*Érygone* de M. Flatters. L'opticien trouvait les parties inférieures un peu lourdes; il soutenait avec entêtement que les draperies, à moins d'être mouillées, ne devaient pas s'appliquer si exactement sur les cuisses de cette bacchante. Pour moi, je trouvais une grâce charmante dans le mouvement voluptueux de la figure, dans la forme des bras et du sein... Eh! messieurs, nous dit un artiste (qui nous écoutait en souriant), ne disputez pasdavantage : vous avez tous les deux raison. M. Dubourg fut choqué de cette parole, et regardant l'inconnu de travers, il m'entraîna hors du musée.

« Eh bien, lui dis-je dans la cour du Louvre, vous me quittez donc ainsi sans conclure? — Eh! quelle conclusion, s'il vous plaît, si ce n'est que j'ai les yeux rouges de fatigue, et que mes jambes ne peuvent plus me porter? — Vous aviez tant de préventions contre nos peintres; je me flatte qu'elles sont détruites. — Non, mon ami, bien au contraire; je vous ai parlé du déclin des arts, et je tiens à ce que j'en ai dit. Vous n'avez point affaire à une girouette. — Jamais vous n'aviez vu pourtant une si belle exposition. — Dites plutôt une si nombreuse, et voilà justement le signe certain de la décadence. La peinture n'est plus un art sublime qu'un petit nombre d'élus cultivent par amour, c'est une profession banale, un métier auquel on se destine par spéculation. Eh! comment tant d'élèves devenus peintres,

Sans consulter du ciel l'influence secrète,

Pourraient-ils se sentir enflammés de l'enthousiasme qui élève et agrandit les idées?.... — Je vous en citerai quelques-uns pourtant qui s'annoncent par des productions estimables. — *Estimables*, oui, c'est le mot : il veut dire honnêtement médiocres. Nous venons de voir quelques hommes habiles; avez-vous vu un homme de génie? Ah! que feu M. Mauduit avait raison de dire : *Tous les corps perdent en hauteur ce qu'ils gagnent en superficie!* Le temps où tout le monde fait des vers est celui où il y a le moins de poëtes. — Cependant, mon cher maître, c'est de la concurrence que doit naître l'émulation. — Oui, mais comme à la longue tant de concurrens se lassent d'être confondus dans la foule et veulent à tout prix se faire remarquer, ils en cherchent à l'envi les moyens, non dans l'étude de la nature et du vrai beau, ce qui serait trop long et trop pénible, mais dans les innovations bizarres, dans la multiplicité toujours croissante des faux systèmes. Ils nous *appellent devant leurs tableaux*, celui-ci par des compositions gigantesques, celui-là par la profusion et l'éclat immodéré de ses couleurs, comme les charlatans de places appellent le peuple, les uns par le bruit du tambour, les autres par celui des cymbales.

»De là, plus d'unité de principes, plus de marche suivie, plus de caractère fixe dans les arts. Les paradoxes les plus absurdes trouvent d'intrépides défenseurs; la division, la confusion se met dans l'école; et au milieu de ce désordre, la voix de la raison est la seule qui ne puisse se faire entendre. Comme on ne cesse maintenant de dire aux élèves, *Secouez les entraves de l'art, et volez de vos propres ailes*, le système le plus commode, qui est celui de l'ignorance (ou du romantisme), doit définitivement prévaloir. Quand nous en serons là, mon ami, l'art de la peinture sera tout-à-fait retombé dans le chaos, et il s'écoulera plus d'un siècle avant qu'il en puisse ressortir. »

J'aurais bien pu objecter à M. Dubourg sa prédilection pour M. Horace Vernet, qui de sa nature pourtant n'est pas très-classique; mais je prévis la riposte de monhomme : *L'exception confirme la règle*, et je mis fin à notre entretien.

N. B. Si, comme on l'annonce, quelques académiciens envoient de nouveaux ouvrages avant la fin de l'exposition, j'y reviendrai avec ma lorgnette, mais je n'irai plus chercher M. Dubourg.

FIN.

www.ingramcontent.com/pod-product-compliance
Ingram Content Group UK Ltd.
Pitfield, Milton Keynes, MK11 3LW, UK
UKHW021202220726
13924UKWH00003B/1270